ARGUS
(Friedrich Ellersiek)

PRO KIO?

ESPERANTO-KLASIKAĴOJ

Argus
(Friedrich Ellersiek)

PRO KIO?

Internacia kriminalromano
originale verkita

MONDIAL

Mondial
Novjorko

Argus:
Pro kio?

Argus estis pseŭdonimo de la germana eldonisto
Friedrich Wilhelm Ellersiek.

Kovrila ilustraĵo:
Ludsalono en la Kazino de Montekarlo.
Grafikaĵo de L. Benett (publikigita en
"Stein der Weisen", 1889)

ISBN 978-1-59569-110-1
Library of Congress Control Number: 2008937052

www.librejo.com

ENKONDUKE...

En 1920 la germana eldonejo *Esperanto-Verlag Friedrich Ellersiek* publikigis la krimromanon *Pro kio?* - de aŭtoro kun la pseŭdonimo Argus, kiu poste montriĝis la posedanto de la eldonejo, Friedrich Wilhelm Ellersiek (1880-1959). Malgraŭ ĵurnalisma sperto, i.a. kiel redaktoro de *Germana Esperantisto* (1910-1914), li verkis nur unu romanon: tiun ĉi krimromanon. Kaj leginte ĝin, vi eble povas imagi, kiom da vortuma energio li devis trovi en si, kiom li streĉis siajn kapablojn, por kunmeti tiun ĉi historion samtempe kriman kaj interhoman. Ĝi verŝajne ne estas literatura majstroverko, sed ĝi havas ĉiujn trajtojn de ĉarmo de la unuaj provoj de neprofesiaj esperantistaj verkistoj establi originalan literaturon.

Ĝi ankaŭ estas lingva aventuro. Oni miras kiom Ellersiek eble pensis pri si mem kaj pri sia propra verkado, kiam li metis la sekvan, pezstrukturan frazon en la libron: "La germano, kies emo al precizeco, tre ŝatinda en aliaj fakoj, preskaŭ malebligas al li la arton de l' belmaniera transiro trans dubajn rifojn en la konversacio, tro facile fariĝas mallerta ĉe tiaj prezentaĵoj."

Kiel unua krimromano en la historio de la Esperanto-literaturo, ĝi ja meritas republikigon, malgraŭ ĉiuj neglataĵoj.

Tiu ĉi eldono de 2008 estas jen kaj jen prilaborita, sed nur por forigi tiujn evidentajn stumblaĵojn, kiuj grave malhelpas la komprenon: Ni forigis multajn komojn, kiujn Ellersiek enmetis laŭ la striktaj reguloj de la germana sintakso, kaj ni ŝanĝis frazojn, kiuj pro la kopiado de la komplika germana vortordo fariĝis monstroj (kolektitaj en la *Notoj* fine de la libro). Tamen pli facile rekoneblajn germanismajn frazo-strukturojn de la tipo "la de li ..." ni ne tuŝis; ni ŝanĝis nek la participojn (ata-ita-problemo; peze kunmetitaj verbformoj), nek la landnomojn, kiujn Ellersiek uzis: Germanlando, Anglolando, Franclando... Por nacilingvaj urbonomoj en la romano ni donis, ĉe la fino, la Esperantan version, se tia ekzistas. Aldoniĝis kelkaj kromaj klarigoj en la *Notoj*.

Ulrich Becker
Novjorko, 2008

UNUA ĈAPITRO

"Rabmurdo, nenia postsigno, tuj sendu kapablan oficiston - urbestro."

Sekve de ĉi tiu telegramo, direktita al la ĉefpolicejo en Berlin, kriminal-komisaro von Merten kun kriminal-policano Kruse estis sendata al la urbeto Altburg, el kiu venis la telegramo. Ili tuj forvojaĝis kaj iom post la tria horo posttagmeze alvenis en Altburg. Tie ili iris al la urbestro, kiu en tiaj malgrandaj lokoj estas ankaŭ la ĉefo de la polico.

"Ni trovas nin antaŭ mistera afero", diris la urbestro, akceptante la du oficistojn. Li estis afabla, maljuna sinjoro, sed la murdafero evidente estis tute konfuzinta lin. "En sako oni trovis la kadavron de juna, bela sinjorino; de la krimulo ne ekzistas, kiel mi jam telegrafis, ia postsigno, eĉ ne la plej malgranda. Vi havos tre malfacilan taskon, sinjoroj!"

"Kie oni trovis la kadavron?" von Merten demandis.

"En arbaro, proksimume unu horon de ĉi tie. La distriktjuĝisto antaŭ ne longe revenis de tie, kaj li telegrafis ankaŭ al la prokuroraro. Sed la prokuroro verŝajne venos nur morgaŭ, alie li jam estus ĉi tie."

"Kiam oni trovis la kadavron?"

"Hodiaŭ matene ĉirkaŭ la sepa."

"Kiu trovis ĝin?"

"Arbaristo Jansen, aŭ pli vere lia hundo, kiu kondukis lin al la loko de l'trovo."

"Ĉu la kadavro ankoraŭ estis freŝa?"

"Tute freŝa. Doktoro Osten opinias, ke la krimo povas esti farita nur en la pasinta nokto. Tiel bela, juna sinjorino! Vere, estas tre domaĝe!"

"Ĉu vi kiel eble plej baldaŭ povas havigi al ni veturilon, por ke ni povu veturi al la loko de l'trovo? Ĉu la kadavro ankoraŭ kuŝas tie?"

"Certe ĝi ankoraŭ estas tie. Mi relasis tie policiston, kaj ankaŭ la ĝendarmo verŝajne ankoraŭ estas tie. Ĉu mi telefonu al ekspedisto Solm pro veturilo?"

"Mi petas."

La urbestro iris al la telefono kaj tre baldaŭ revenis, sciigante, ke la veturilo venos post kvarona horo.

"Vi do akompanos nin, sinjoro urbestro?"

"Se estas necese, jes."

"Ne estas nepre necese, sed estus dezirinde, ĉar supozeble pri kelkaj punktoj mi devos peti informojn."

"Nu, bone, mi kuniros."

La veturilo alvenis, kaj ili veturis tra la malglataj stratetoj de la urbeto, poste laŭlonge sur ŝoseo, kiu unue kondukis tra kampoj kaj herbejoj, poste tra arbaro. Poste ili flankeniĝis en arbarvojon. Fine, kiam ili ĉi tiun estis laŭveturintaj proksimume kvaronan horon, ili forlasis la veturilon kaj laŭiris piedvojeton. En densejo kuŝis la sako enhavanta la kadavron, gardata de la policisto. La ĝendarmo estis irinta hejmen, por skribi sian raporton kaj poste reveni.

Merten singardeme fortiris la sakon de la tute nuda kadavro, kiun li atente rigardis.

"Nu, ĉu vi vidas ion rimarkindan sur ĝi?" demandis la urbestro, al kiu la afero ŝajne daŭris tro longe.

"La murditino apartenis al la unuaj klasoj de la societo, estis vidvino, havis bonan porvivon, lastatempe restadis aŭ almenaŭ antaŭ mallonga tempo estis en Sudeŭropo, laŭŝajne estas anglino kaj tre multe okupis sin pri verkistaj laboroj."

"Ĉu ĉion tion vi povas vidi el la kadavro?"

"Eĉ tre klare. Vidu la bone flegitajn manojn kaj piedojn. Bone flegitajn manojn oni trovas tre ofte, sed zorgeman flegadon de la piedungoj nur en la pli altaj rondoj de la societo, jam pro tio, ke ĝi ĉiam devas esti farata de alia persono. Kaj jen, vidu!" Li kaptlevis delikatan, nigran fibreton, kiu elstaris inter la dua kaj tria piedfingro de la maldekstra piedo, apenaŭ rimarkeble. "Kio estas tio?"

"Peceto da fadeno", diris la urbestro, post kiam li atente estis rigardinta ĝin.

"Tute prave. Kaj el kia ŝtofo?"

"Tion mi ne scias."

"El silko." Merten tiris grandigan vitron el la poŝo kaj donis ĝin al la urbestro. "Ŝi do surhavis silkajn ŝtrumpojn, plia signo de ŝia klaso. Kaj nun rigardu la piedon entute, kion ĝi rimarkigas?"

"Al mi nenion, mi senkaŝe devas konfesi."

"Escepte de la plando, ĝi nenie havas eĉ nur malgrandan malmoliĝon de la haŭto. Do la sinjorino ĉiam surhavis precize adaptitajn ŝuojn. Laŭ tio ŝi ne aĉetis siajn ŝuojn en magazeno, sed farigis ilin laŭ mezuro. Tio estas multe pli kosta, do parolas por tio, ke ŝi havis bonajn enspezojn, same kiel la silkaj ŝtrumpoj."

"Tio estas ĝusta. Sed plie: kial ŝi estas anglino?"

"Tion mi ankoraŭ ne certe asertas, sed estas verŝajne. Rigardu ankoraŭfoje la piedon, piedoj estas tre instruaj. La plando estas plata. Tio ne povus esti, se ŝi, kiel la plej multaj sinjorinoj, estus portinta ŝuojn kun altaj kalkanumoj, por ŝajnigi la piedojn pli malgrandaj. La kutimiĝo al altkalkanumaj ŝuoj sekvigas kurbiĝon de la piedoj tiamaniere, ke la antaŭa parto pli malsupreniĝas, kiel okazas plej multe ĉe la ĉinoj[1]. De tio sin montras ĉi tie nenia signo. Sed plej multe la anglinoj emancipis sin de tiu stulta modo. Ankaŭ la abunda, hele-blonda hararo kaj la delikata vizaĝkoloro de la mortigitino plej ofte estas troveblaj ĉe la anglinoj. Sed plie: la vizaĝo kaj kolo de ĉi tiu sinjorino estas iom bruniĝintaj, dum la manoj estas tute blankaj. Se la malforta bruniĝo devenus de la suno en nia regiono, ĝi jam de longe estus malaperinta, ĉar ni nun estas en Marto. Do ŝi vivis en la sudo, verŝajne en Italujo aŭ en la Riviero. Se ŝi estus restadinta sub la tropika suno, la bruniĝo estus pli forta."

"Ankaŭ tio nun estas klara al mi."

"Nun rigardu la manojn. Jen, sur la ringofingro de la dekstra mano ĉirkaŭiĝas du egalaj, iom pli helaj strioj; tiu ĉe la mano estas iom malklara, tiu ĉe la fingropinto pli klara[2]. La sinjorino do surhavis du edzecajn ringojn, antaŭe la propran, bone adaptitan, kaj post ĝi tiun de sia mortinta edzo. Ĉi tiu ringo kompreneble estis pli granda; pro tio ĝi ŝoviĝis sur la fingro kaj postlasis malpli klarajn postsignojn. Do ŝi estis vidvino."

"Kaj la okupo pri verkistaj laboroj?"

"Ĝi estas pruvata per la tre malforta malmoliĝo de la haŭto flanke sur la meza fingro de la dekstra mano, tie, kie ĉe la skribado oni premas la plumingon kontraŭ la fingro. Nun la sako. Kiel vi vidas, ĝi estas signita B. K. Ĉu en la proksimeco de ĉi tie ekzistas bienposedanto kun tiu nomo?"

"Laŭ mia scio, ne. La murdisto eble kunportis la sakon."

"La sako verŝajne estas el la bieno Karlshof", diris la policisto, kiu atente estis aŭskultinta.

"Ĉu tia bieno estas proksime de ĉi tie?"

"Ho, ke mi ne pensis pri ĝi! Kompreneble. La kampoj antaŭ la arbaro apartenas al ĝi", respondis la urbestro, montrante orienten.

"En tiu direkto, laŭ mia opinio, ankaŭ la fervojo preteriras?" von Merten demandis.

"Jes, sed ĝi estas ankoraŭ duonan horon pli malproksima, aŭ minimume kvaronan horon."

"Verŝajne estas nur kvarona horo. Ne povas esti, ke la murdisto nur ĉi tie premegis la kadavron en la sakon, por tio ĝi jam estus estinta tro rigida. La artikoj ankoraŭ fleksiĝis, kiam li faris tion. Verŝajne nur post ekvido de la sakoj, kiujn oni dum la nokto lasis sur la kampo, li ekpensis agi tiel.

Ankaŭ la difekto de la haŭto sur la maldekstra vango estas klarigebla nur per tio, ke la kadavro tuj post la murdo estis ĵetata el la kupeo. Ĉu tie estas fervoja taluso[3]?"

"Kelkaloke, de malgranda alteco. Sed ĉu la difekto de la haŭto ne povas esti okazinta dum la enmeto de la kadavro en la sakon?"

"Tiukaze la sango ne plu estus eliĝinta. Sed ĉi tie estas iom da sekiĝinta sango sur la vango. Krome ankaŭ la sako sur la interna flanko devus montri sangmakulon, kaj tio ne estas."

"Sed kial ne estas haŭtodifektoj sur la manoj?"

"Ĉar la sinjorino surhavis gantojn kaj ĉar la falego ne estis tiel forta, por krevigi ilin. Sed nun ni volas serĉi postsignon, antaŭ ol noktiĝos."

Merten iris tra la arbaro al ties rando, por poste kune kun Kruse esplori ĉi tiun. Sur la tero, malsekigita per degelinta neĝo, ankaŭ pli malnovaj piedsignoj ankoraŭ klare markiĝis. Subite von Merten ekhaltis. "Jen la piedsigno de la murdisto", li diris.

"El kio vi vidas tion?" la sekvinta urbestro demandis.

"El la profundeco de la enpremo. Tiu, de kiu devenas ĉi tiu piedsigno, portis pezan ŝarĝon. Tamen ne estis arbaristo aŭ kamplaboristo, sed viro el la bona societo. La enpremo klare montras elegantan ŝuaĵon."

Merten klinis sin teren, por precize mezuri kaj skizi la enpremojn; poste li laŭiris ĉi tiujn malantaŭen trans la kampon.

"Ĉi tie la murdisto senvestigis la kadavron kaj metis ĝin en la sakon", li diris, alveninte en loko, kie ankoraŭ kuŝis pluraj, parte plenigitaj, parte malplenaj sakoj kaj kie la tero estis forte trafosita. "Serĉu ĉi tie plej detale, Kruse, ĉu vi trovos ion. Dumtempe mi plue laŭiros la piedsignon."

Ĝi kondukis, kiel li estis supozinta, al la fervoja taluso. Tamen ĝi ne finiĝis tie, sed laŭiris apud la taluso. La murdisto evidente estis veninta de la proksima stacio, de Altburg. Ĝis tie li, post kiam li estis ĵetinta la kadavron el la vagono, ankoraŭ estis veturinta. En Altburg li estis forlasinta la vagonaron kaj poste reirinta.

"Kiom distance estas de ĉi tie ĝis la stacio Altburg?" Merten demandis la urbestron.

"Apenaŭ dek minutojn. La stacio bedaŭrinde estas tre malproksime de la urbo, pli ol duonan horon."

"Ĉi tie li rapide kuris", Merten daŭrigis, ne atentante la plendon de la urbestro.

"El kio vi vidas tion?"

"La enpremoj de la piedfingroj estas multe pli profundaj ol tiuj de la kalkanoj. Lia rapido cetere estas tre facile klarigebla: li devis timi, ke fervoja gardisto, kontrolanta la relvojon, aŭ iu alia rimarkus la kadavron, kvankam la loko, kie li elĵetis ĝin, estis tre bone elektita. La malaltaj pinglarbetaĵoj, kiuj certe estas plantitaj por ŝirmi la relvojon kontraŭ terŝoviĝoj aŭ neĝblovadoj, devis sufiĉe kaŝi la korpon. Ni devos fari niajn esplorojn ankaŭ en la stacio, sed nun ni volas ankoraŭ uzi la malaperantan taglumon por laŭiri la piedsignon al la alia flanko."

Ili reiris al la loko, kie Kruse ankoraŭ fervore serĉis. Ne interrompante lin eĉ nur per unu demando, Merten poste sekvis la piedsignon de la murdisto, facile ekkoneblan sur la malseketa kampo.

Ĝi kondukis rekte al la densaĵo, en kiu la kadavro estis trovita. De tie ĝi ne plu estis ekkonebla, post kiam pluraj homoj, certe ankaŭ scivolemuloj, al kiuj la arbaristo rakontis pri sia trovaĵo, estis irintaj tie. Merten pro tio encirkligis la lokon. Li ĉirkaŭiris ĝin en distanco de unue proksimume dudek, poste de duoble tiom da paŝoj, kun speciala atento observante la flankon for de la fervojo, kaj efektive sur ĝi li retrovis la jam konatajn pied-enpremojn. Li tuj konstatis ilin per komparo kun la farita skizo. Nun li plue laŭiris la piedsignon. Ĝi kondukis en akuta angulo al la ŝoseo, sur kiu ili antaŭe estis veturintaj. Ĉi tie, sur la malmola kaj multe pli suririta vojo, ne plu estis eble daŭrigi la laŭiradon de la piedsignoj, des malpli, ĉar la nokta mallumo jam komenciĝis.

"Nun ankoraŭ la loko, en kiu la kadavro estis elĵetata, devas esti precize esplorata."

"Sed estas jam tro malluma, sinjoro kriminal-komisaro."

"Por tio mi havas mian lanternon." Alveninte en la loko de la fervoja taluso, kie la piedsigno de la murdisto deflankiĝis de ĝi, von Merten eklumigis sian lanternon kaj komencis plej precize efektivigitan esploron. Rompe difektitaj branĉoj signis la lokon de la surfalo. Sur unu el ili pendis malgranda strio de flave-griza ŝtofo, kiun Merten metis en sian leterujon. Same tien li metis pecon da papero, kiu kuŝis malproksime inter altaj herboj kaj sur unu flanko montris jenan surpreson:

Te
Fakt
p
Sinjorino A
Granda Hotelo

Senpere sub kaj post tiuj vortoj la papero estis forŝirita. Sur la alia flanko troviĝis krajone skribita noto: "T. 11. 40, L. 5. 29."

Tio estis ĉio; iu alia objekto malgraŭ plej zorgema esploro ne estis trovata.

"Ĉu vi opinias, ke tio iel estas valora?" la urbestro demandis kun seniluziigita mieno.

"Certe. La papereto ĝuste estas eksterordinare grava por la trovo de la murdisto[4], kaj verŝajne ankaŭ la peceto da ŝtofo, kiu sendube devenas de la vestaĵo de la murditino; por vi eble ne", von Merten ridetante respondis. "Kion mi konkludas el la trovaĵoj, vi vidos hodiaŭ vespere. Nun al la stacio." –

La fervoja asistanto, kiu la pasintan nokton deĵoris, estis revenonta nur post kelka tempo por la venontnokta deĵoro. Sed la suboficisto, kiu ĉe la peronbarilo kontrolas kaj deprenas la biletojn, ĉeestis.

"Ĉu vi memoras, kiu en la pasinta nokto forlasis la vagonaron ĉi tie?" Merten demandis lin.

"La rapidvagonaron, kiu haltas ĉi tie nur, kiam la princo venas por ĉasi, kio hodiaŭ ne okazis, kompreneble neniu forlasis, ĉar ĝi senhalte traveturis", respondis la suboficisto.

"Certe; sed ĉu la ordinaran vagonaron?"

"Kiun?"

"Ĉu pluraj ordinaraj vagonaroj dumnokte pasas ĉi tie?"

"Laŭ ĉiu direkto unu."

"Do mi celas tiun de Reberg."

"Ĝin forlasis la arbar-asistanto kaj fremdulo."

"Kiel aspektis la fremdulo?"

"Tre precize mi ne rigardis lin. Sed estis granda, maldika sinjoro, kaj ankoraŭ juna, proksimume tridek-jara, kun granda nigra liphararo kaj bluaj okulvitroj. Jes, kaj li parolis iom strange."

"Ĉu vi parolis kun li?"

"Jes. Li havis bileton, kiu valoris pli malproksimen, kaj li demandis, ĉu li povus senplue[27] daŭrigi la vojaĝon, aŭ ĉu estus necese, atestigi la interrompon sur la bileto."

"Ĝis kie valoris la bileto?"

"Tion mi ne plu scias."

"Meditu!"

La oficisto meditis kelkan tempon kaj fine diris: "Efektive, mi ne plu scias."

"Ĉu estis granda stacio?"

"Mi ne kredas."

"Se vi ankoraŭ ekmemoros la nomon de la stacio, tuj sciigu ĝin al sinjoro la urbestro. Estas tre grave. Vi diris, ke li iom strange parolis. Kiamaniere?"

"Tiel—tiel larĝe – tiel malrapide – germano li ne estis."

"Eble tiel: Ĉu la vojaĝinterrompo devas esti atestata?" Merten elparolis ĉi tiujn vortojn kun angla akcento.

"Jes, jes, precize tiel estis."

"Ĉu vi dum la tago revidis lin, eble ke li daŭrigis sian vojaĝon?"

"Ne "

"Ĉu tion vi scias certe?"

"Tute certe."

"Ĉu ankaŭ dum la tago vi konstante deĵoris ĉe la peronbarilo, post kiam vi havis noktan deĵoron?"

"Jes. La nokta deĵoro ne estas tro malfacila. Mi dormas en la stacidomo, kaj kiam la vagonaroj estas alvenontaj, la ĉefdeĵoranto vekas min."

"Ĉu la fremdulo parolis ankaŭ kun la asistanto?"

"Ne, el la vagonaro li venis tuj al mi."

"Bone, mi dankas vin." –

Merten kaj la urbestro reiris al Kruse, kiu sur la montrita al li loko ne estis trovinta ion alian ol malgrandan ŝtalan ringon, uzeblan por plej diversaj celoj; ĝi estis iom disfleksita. Ankaŭ ĉi tiun Merten enpoŝigis. Poste li igis meti la kadavron kune kun la sako, en kiu ĝi estis trovita, en la veturilon uzitan de ili, kaj reiris, akompanate de la urbestro kaj Kruse, al la urbeto.

Lian profundan meditadon interrompis la demando de la urbestro, ĉu li opinas, ke la fremdulo, pri kiu la fervoja oficisto parolis, estas la farinto de la murdo.

"Plej verŝajne. Cetere ni baldaŭ tute precize scios tion."

"Kiamaniere?"

"Ni devos konstati, ĉu en la pasinta nokto iu fremdulo gastiĝis en la urbo."

"Nek en la hotelo, nek en privata domo. Tion mi jam esploris."

"Ho, tre bone, tio ŝparas tempon al ni. Sed, ĉu eble en la vilaĝoj kaj bienoj de la ĉirkaŭaĵo?"

"Ankaŭ ne. Tion la ĝendarmo jam hodiaŭ antaŭtagmeze konstatis. Li ĉien estis ĉirkaŭrajdanta."

"Bonege! Nun ni scias, ke la fremdulo estis la murdisto, aŭ almenaŭ, ke li interrilatas kun la murdo, se tia estas farita."

"Tio certe ne estas dubinda."

"Ni devas ĝisatendi la sekcon. Espereble la kuracisto kun certeco povos konstati la kaŭzon de l'morto."

"Nia distrikta ĉefkuracisto estas tre kapabla."

"Pri tio mi ĝojas. Al mi la kaŭzo de l' morto ĝis nun estas tute enigma. La postsigno de ekstera vundo ne estas trovebla sur la kadavro. La morto do devas esti kaŭzita en alia maniero ol per ekstera efiko. Sed en kia? Veneno kaŭzas spasmosimilajn aperaĵojn, kiuj postlasas siajn signojn en la vizaĝo. Sed la vizaĝo de la mortintino estas tiel kvieta, kvazaŭ ŝi dormus."

"Hm. Sed kiel alie la morto povus esti kaŭzita?"

"Tio ankoraŭ estas enigmo, kies solvon espereble alportos la sekco. Ĉu la distrikta ĉefkuracisto ĝin faros ankoraŭ hodiaŭ vespere?"

"Li jam diris, ke tio devas okazi, por ke organaj ŝanĝoj eble ne malfaciligu la konstaton de la kaŭzo de l' morto."

"Li estas prava."

"La murdisto verŝajne veturis per la rapidvagonaro ĝis la plej proksima stacio, kie ĝi haltis, kaj poste revenis ĉi tien per la ordinara vagonaro."

"Sendube. Kaj la elekto de ĝuste tiu loko, proksime de stacio, kiun li tiel rapide ree povis atingi, supozigas zorgeman pripensadon de la faro."

"Nur tion mi ne komprenas: Kial li ne aĉetis bileton ĝis ĉi tie, sed al pli malproksima stacio?"

"Por malaperigi sian postsignon por la kazo, ke lia faro estus malkaŝata pli frue ol li esperis, ke tio okazos."

"Kaj kien li poste turnis sin?"

"Verŝajne al la plej proksima stacio, al Reberg."

"Kial ne al la kontraŭa direkto.?"

"Li prenis kun si, kiel ni scias, ĉiujn vestaĵojn kaj ĉion ceteran de la murditino; eble li elĵetis el la vagonaro ankaŭ ŝian manpakaĵon aŭ sian propran kaj poste kunprenis ĝin. Sed sinjorino el tiaj societaj rondoj, al kiuj la murditino sendube apartenis, faras iom grandan vojaĝon ne nur kun manpakaĵo. Certe ŝi ekspedigis unu aŭ plurajn kofrojn aŭ ion similan kiel pasaĝerpakaĵon. Ĉi tiun pakaĵon li devis havigi al si, eĉ se nur tial, por ke ĝi ne servu konstati la identecon de la kadavro, kion li ĉiucirkonstance provis malebligi. Ke nur pro tiu celo li forigis la vestaĵojn de la kadavro kaj ĉi tiun metis en sakon, pri tio ne ekzistas dubo. Sed ĉu li faris tion nur por sekurigi sin mem, aŭ ĉu li celis ankoraŭ ion alian? Jen la demando, kiun mi ĝis nun ne povas respondi."

"Ankaŭ mi ne", diris la urbestro.

"Tion mi kredas." Merten ridetis.

"Ĉu vi nun volas plue sekvi la postsignon de la murdisto?"

"Certe!"

"Sed tiukaze vi devas iri al la plej proksima stacio,"

"Unue ankoraŭ alia konstato estas necesa. Kiu ĉi tie en la urbeto havas detalan horarlibron?"

"La mastro de l' Nigra Aglo."

"Bone, ni iru tien."

Alveninte en la hotelo Nigra Aglo, la kriminal-komisaro tuj igis doni al si la horarlibron. Li serĉis en ĝi nur kelkajn minutojn kaj poste remetis ĝin.

"Nu?" la urbestro demandis.

"Kiuj estas la homoj tie, kiuj scivole rigardas nin?"

"Ĉiuj estas burĝoj el nia urbo."

"Ĉu neniu fremdulo estas inter ili?"

"Ne."

"Eĉ kontraŭe al konatoj bonvolu esti tre singardema rilate

al via scio pri la murdafero, sinjoro urbestro. Pripensu, ke ĉio, kion mi diris al vi, estas konsiderota kiel ofica sekreto, kaj ke la plej malgranda maldiskreteco povas efiki tre malutile. Venu al mi tute proksime, Kruse."

La kriminal-policano obeis la ordonon. "Per la plej proksima rapidvagonaro veturu al Teplitz. Ĉar tiu vagonaro ne haltas ĉi tie, vi devas veturi al Reberg per la ordinara vagonaro. Morgaŭ matene esploru, el kiu hotelo en Teplitz devenas ĉi tiu fakturo." Merten transdonis al la policano la papereton trovitan apud la fervoja taluso.

"El kio vi scias, ke tiu fakturo estas el Teplitz?" la urbestro demandis.

"Multaj vojaĝantoj, precipe sinjorinoj, notas, antaŭ ol ili uzas vagonaron, la horon de la forveturo kaj la horon de la alveno. La rapidvagonaro, el kiu la kadavro estis elĵetata, komunike aliĝis al la vagonaro, kiu je la 11 ^{40} h. vespere forveturis el Teplitz. Do la fakturo devenas el Teplitz, ĉar la tempo, kiun mi ĵus citis, estas notita sur ĝi. Sed je la 5 ^{29} h. – t. e. la alia, post la litero L. notita nombro – la vagonaro alvenas en Leipzig*. Tien la murdisto verŝajne veturis por akcepti la pasaĝerpakaĵon. Tien ankaŭ mi veturos. Ĝis la forveturo de la ordinara vagonaro al Reberg ni havos ankoraŭ tempon de du horoj. Ni uzu ĝin por iom manĝi. Espereble ni intertempe ekscios la rezulton de la sekco."

"La distrikta ĉefkuracisto komencis ĝin tuj post alveno de la kadavro", rimarkigis la urbestro.

"Eble vi povus instigi lin informi nin tuj post kiam li konstatis la kaŭzon de l' morto."

"Certe. Ĉu mi irigu senditon al li? Aŭ ĉu eble mi mem iru?"

"La lasta certe estus pli preferinda, kvankam mi nevolonte rezignus pri via agrabla ĉeestado."

La urbestro flatite riverencis kaj foriris. Post duona horo li revenis.

---

* La esperantigon de kelkaj gravaj geografiaj nomoj vidu librofine. - *Mondial*

Merten atendeme rigardis lin.

"Ne estas murdo", la urbestro flustris al li. "Almenaŭ ĝi ne estas konstatebla per la sekco."

"Mi jam supozis tion. Ĉu vi bonvolus havi la afablecon konduki min al la distrikta ĉefkuracisto?"

"Tre volonte. Sed estos senutile. Li esprimis sin tute certe."

"Nu, ni vidos." –

La distrikta ĉefkuracisto konfirmis, ke li ne trovis ian signon de perforta mortigo. Laŭ lia opinio la morto plej verŝajne estis sekvo de korapopleksio.

"Ĉu korapopleksio povas okazi per troa enspiro de kloroformo?" Merten demandis.

"Certe. Kial vi demandas pri tio?"

"Mi scias, ke dentkuracisto, faronta operacion kun kloroformnarkoto, devas ĉeestigi mediciniston, ĉar tro longa aŭ tro profunda narkoto povas efiki malutile, eĉ sekvigi la morton. Nu, ĉe la esploro de la sako min frapis strange dolĉa, malforta odoro, kia estas karakteriza al kloroformo. Ĉu kloroformo ankoraŭ nun estas konstatebla en la pulmo?"

La kuracisto meditis momenton.

"Estus eble", li poste diris, "se la laste enspirita kloroformo estus trovinta la sangon en la pulmo jam saturiĝinta per la antaŭe enspirita kloroformo. Ni provu efektivigi artefaritan spiradon."

La provoj restis sensukcesaj. Verŝajne dum la transporto aŭ ĉe la enpremego de la kadavro en la sakon la brusto estis kunpremata tiel, ke la aero troviĝinta en la pulmo eliĝis.

"Sed la kloroformo en la sango verŝajne ankoraŭ estas konstatebla per ĥemia esploro!" la distrikta ĉefkuracisto subite ekkriis.

"Kvankam la sango jam de longe rigidiĝis?"

"Ĝuste pro tio. La rigidiĝo malhelpas putriĝon. Bedaŭrinde mi ne estas sufiĉe kapabla ĥemiisto, sed la farmacihelpanto en nia apoteko estas viro sperta en sia fako. Mi sendos al li pecon de la pulmo kun arteria sango kaj pecon el la ĉefarterioj kaj petos lin, tuj komenci la esploron."

"Mi petas, faru tion, sinjoro doktoro. Bedaŭrinde mi ne povos ĝisatendi la rezulton, estas urĝa tempo, ke mi veturu al Leipzig."

"Kiam vi revenos?"

"Tio ankoraŭ ne estas tute difinita. Mi devas plue sekvi la postsignon de la murdisto."

"Ĉu vi esperas trovi lin?"

"Kompreneble mi esperas tion, kvankam mi ne dubas pri tio, ke li certe estas same ruza kiel maltimema krimulo."

La urbestro, kiu silente kaj mirante estis aŭskultinta, reiris kun von Merten al la Nigra Aglo kaj poste akompanis la du kriminal-oficistojn al la fervoja stacio. –

En la baldaŭ alvenanta vagonaro la oficistoj trovis malplenan kupeon, en kiu ili senĝene povis paroli pri la afero okupanta ilin. "Tuj kiam vi estos farinta la diritajn, neniel malfacilajn esplorojn, Kruse", ekparolis von Merten, "sekvu min al Leipzig kaj demandu pri mi en hotelo Hofer. Tien tuj telegrafu ankaŭ la rezulton de via esploro. Se mi ne estos en la hotelo kaj tie ankaŭ ne lasis informon, atendu min tie."

"Laŭ ordono, sinjoro kriminal-komisaro. Ĉu mi rajtas fari ankoraŭ demandon?"

"Demandu pri ĉio, kio ŝajnas al vi ne klara. Vi povas perfektiĝi al kapabla kriminal-oficisto nur per tio, ke vi konscias pri la interna interrilato de la paŝoj farotaj por malkovro de krimo kaj pri la metodo, sur kiu ili baziĝas."

"Ĉu sinjoro kriminal-komisaro esperas kapti la murdiston en Leipzig?"

"Ne. Li estas tro ruza por resti tie pli longe ol estas necese, akcepti la vojaĝpakaĵon, eventuale ankaŭ, por forigi parton de ĝi. Mi esperas en Leipzig pli precize identigi la personon de la murditino. La malgranda malmoliĝo de l' haŭto sur la meza fingro de ŝia dekstra mano igis konkludi, ke ŝi multe okupis sin pri verkistaj laboroj. Do, ŝi certe estis verkistino. Sed al Leipzig verkistino vojaĝas supozeble por intertrakti kun eldonisto. Ĉu tio estas klara al vi?"

"Tutplene, sinjoro kriminal-komisaro."

"Sekve ĉe la eldonistoj mi devos provi ekscii, kiu interrilatis kun iu sinjorino Anjo — ĉi tiu verŝajne estas la antaŭnomo de la murditino laŭ la fragmento de la hotela fakturo — aŭ kiu intencis ekinterrilati kun ŝi, plue, kiu ŝi estas, de kie ŝi devenas ktp. Verŝajne vi en Teplitz ekscios pli ol mi en Leipzig. Ĉiukaze informu vin pri la sinjorino kiel eble plej precize."

"Mi faros ĉion, por kolekti detalan materialon pri ŝi."

"Bone. Se vi tie trovos ankoraŭ plian postsignon, informu min senprokraste pri tio telegrafe kaj atendu mian telegrafan, poŝtrestantan ordonon, ĉu vi sekvu tiun postsignon aŭ ne. Ĉu vi estas provizita je mono?"

"Por kelkaj tagoj ĝi ankoraŭ sufiĉos."

"Jen ankoraŭ tricent markoj."

Intertempe ili estis atingintaj la stacion Reberg, kie ili forlasis la vagonaron. Baldaŭ poste la rapidvagonaro alvenis, kiun antaŭ dudek kvar horoj ankaŭ la kompatinda juna sinjorino uzis. Merten eniris kupeon de dua klaso kaj komforte lokis sin en angulo. La streĉadoj de l' tago kaŭzis, ke li baldaŭ ekdormis. Nur en Leipzig li revekiĝis.

DUA ĈAPITRO

Estis ankoraŭ tro frumatene por la intencitaj esploroj ĉe la libro-eldonistoj. Por ne senutile pasigi la tempon, von Merten, legitimante sin ĉe la estro de la pakaĵ-ekspedejo, demandis, ĉu pasaĝerpakaĵoj, alvenintaj per la rapidvagonaro antaŭ dudek kvar horoj, nur post iom longa tempo estis repostulataj.

El demando al la suboficistoj rezultis, ke tio okazis ĉe pluraj pakaĵoj. Unu el la oficistoj eĉ tre precize memoris, ke inter tiuj pakaĵoj troviĝis speciale granda kofro veninta el Teplitz.

"Kiu venis por akcepti ĝin?"

"Hotelpordisto aŭ iu simila. Li surhavis ĉapon de hotelo."

"Ĉu vi scias, de kiu hotelo?"

"Ne, pri tio mi ne atentis."

"Kiamaniere li fortransportis la kofron?"

"Per fiakro."

"Ĉu per iu el tiuj starantaj antaŭ la stacidomo?"

"Ne, li jam estis alveturinta en ĝi."

Merten tuj iris al la polica direkcio kaj igis telefone demandi al ĉiuj hoteloj, ĉu servisto de la hotelo alportis grandan kofron de la Dresden-a stacidomo.*) Ĉi tio okazis en Hotelo de Prusujo. Merten veturis tien.

La gasto, por kiu la servisto estis alportinta la kofron, estis daŭriginta sian vojaĝon posttagmeze. Al la fiakristo, kiu veturigis lin, li estis dirinta: al la Berlin-a stacidomo.

Pluaj esploroj laŭ ĉi tiu direkto estus postulintaj tro multe da tempo kaj tre verŝajne ne estus havintaj ian sukceson. Pro tio von Merten reveturis al la polica direkcio kaj iniciatis es-

*) *Noto de la aŭtoro (1920):* La romano ludas en tempo, kiam en Leipzig la granda centra stacidomo ankoraŭ ne estis finkonstruita.

ploron ĉe ĉiuj iom konataj libro-eldonistoj, ĉu iu el ili interrilatis kun verkistino, kies antaŭnomo estas Anjo. Dume li ree iris al Hotelo de Prusujo kaj detale esploris la ĉambron, en kiu la dirita sinjoro loĝis. Sed ĉi tiu relasis neniun, eĉ ne la plej malgrandan postsignon.

Merten nun ree iris al la polica direkcio. La demandado al la libro-eldonistoj havis tute negativan rezulton. Neniu el la eldonistoj estis interrilatinta kun verkistino, kies antaŭnomo estis Anjo, aŭ atendis la viziton de tia sinjorino. Merten ankoraŭfoje ekzamenis sian hipotezon, ke la murditino estis verkistino kaj nur pro profesiaj celoj estis veturonta al Leipzig, sed li ne trovis pli bonan.

Telegramo de la distrikta ĉefkuracisto el Altburg informis lin pri tio, ke la enpenetro de kloroformo en la sangon sendube estis konstatita. Laŭ la stato de la afero la kuracisto ne hezitis aserti, ke perforta venenado per tiu substanco estis la kaŭzo de l'morto. Sed per tio la vualo, kiu kovris la sekreton, ne estis forigata.

Unu momenton Merten ekpensis, ĉu estus konsilinde publike promesi rekompencon al tiu, kiu povus trovigi la postsignon de la murdisto. Povus ja esti, ke ĉi tiu estis vidata, malgraŭ la nokta mallumo, en kiu li, ŝarĝite per la vestaĵoj de sia viktimo, iris al la proksima stacio.[5] Sed la priskribo donita de la fervoja oficisto estis tro malpreciza por servi kiel bazo por reekkono, kaj same malmulte laŭ ĝi oni povis esperi la akiron de plia, fidinda materialo. Krom tio la postsigno de la murdisto ja estis sekvita ĝis tie, kie ĝi, ŝajne por ĉiam, perdiĝis.

Ju pli von Merten meditis kaj la aferon rigardis de ĉiuj flankoj, des pli firmiĝis lia konvinko pri tio, ke li estas sur la ĝusta vojo, se li, konstatante la personecon de la murditino, esperas trovi la postsignon de la murdisto. Sed kial ĉi tiu tiel zorgeme klopodis forigi la postsignojn, kiuj povus konduki al tiu konstato? Nur pro sia propra sekureco? Apenaŭ! La danĝero, en kiu li estis, dum li senvestigis la kadavron kaj metis ĝin en la sakon, eble estis pli granda ol tiu, kiu estus minacinta lin, se li forigis nur tion, kio povus servi al la identigo de la murditino, ekzemple la komencajn literojn el ŝia naztuko, ŝiajn horloĝon, valoraĵojn, skribaĵojn ktp. Do li certe havis tute specialan kaŭzon malebligi la konstaton de la personeco de l' murditino.

Sed kian kaŭzon? Pri tio nunmomente eĉ ne konjekto estis farebla.

Sopire von Merten atendis la telegramon de Kruse el Teplitz. Fine ĝi alvenis. Ĝi tekstis: "Alico – ne Anjo – Smith el Chicago loĝis ĉi tie en Granda Hotelo Malnova Urbodomo. Detaloj pri ŝi ne konataj en la hotelo. Mi plue esploros."

Alico Smith el Chicago. Tio diris ne pli ol eble "Mario Meier el Berlin". En Chicago ekzistas centoj de tiu en Anglujo kaj Ameriko multe disvastiĝinta nomo.

En Teplitz von Merten devis plue serĉi. Tio estis certa. Sed ĝis kiam la proksima trairanta vagonaro forveturis al Teplitz, li povis denove esplori ĉe la eldonistoj kaj demandi pri Alico Smith. Li tuj iniciatis la neceson ĉe la polica direkcio. Jam post mallonga tempo oni sciigis al li, ke la libro-eldonisto Alfredo Berger estis atendonta sinjorinon kun tiu nomo.

Senprokraste li veturis al la eldonejo kaj feliĉe renkontis la posedanton.

"Bedaŭrinde ankaŭ mi ne scias ion pli detalan pri la sinjorino", sinjoro Berger respondis al la klariga demando de Merten. Ŝi estis verkinta socialpolitikan tendenc-romanon, kiun ŝi proponis al mi por eldonado. Ĝi estis sprita kaj interesa, kaj se la sinjorino ne postulus tro altan honorarion, mi estus akceptonta ĝin. Ni interkonsentis, ke ŝi venu ĉi tien, por ke ni faru la definitivan kontrakton kaj priparolu ĉiujn detalojn. Sed mi vane atendis ŝin."

"Ĉu mi povas vidi la manuskripton kaj la leterojn, kiujn ŝi sendis al vi?"

"Certe, volonte!"

Sinjoro Berger alportis la skribaĵojn kaj prezentis ilin al von Merten. Leteroj kaj manuskripto sendube estis skribitaj de la sama mano. La leteroj estis skribitaj sur bluetan tolpaperon, la manuskripto konsistis el kvar sufiĉe dikaj kajeroj, kiaj kutime estas uzataj en lernejoj. La unuaj tri kajeroj estis tute egalaj kaj sen ia signo; la kvara, iom diferencanta de la aliaj, sur la dua paĝo de l' kovrilo montris la surgluitan etikedon de paperaĵ-vendejo en Teplitz. Merten notis la adreson de la magazeno kaj poste redonis la manuskripton al sinjoro Berger.

"Ĉu mi provizore povas kunpreni la lastan el la leteroj?" Merten demandis.

"Certe. La sinjorino en ĝi ja nur sciigas, ke ŝi baldaŭ venos ĉi tien. Vi povas reteni la leteron, kiom longe vi volas."

Merten dankis kaj ankoraŭ petis la eldoniston, tre inteligentan sinjoron, informi sin pri tio, ĉu Alico Smith eble ie publikigis ion en angla lingvo, kaj sciigi la rezulton de ĉi tiu esploro al la ĉefpolicejo en Berlin. Post tio li reiris al hotelo Hofer por preni sian pakaĵon kaj tuj veturi al Teplitz.

* * *

Alveninte en Teplitz, von Merten unue serĉis sian subulon Kruse kaj trovis lin, kiel li supozis, en la hotelo, kiun Kruse estis nominta en sia telegramo.

"Nu, Kruse, ĉu vi ankoraŭ ion eksciis?"

"Bedaŭrinde ne, sinjoro kriminal-komisaro, krom tio, ke sinjorino Smith ĉi tie en la hotelo vizite akceptis amikinon, pri kiu mi bedaŭrinde ankoraŭ ne povis ekscii ion detalan, kaj ke en la antaŭtagmezo de l' tago, en kiu ŝi forveturis el Teplitz, sinjoro, verŝajne samlandano, kun kiu ŝi parolis nur anglalingve, vizitis ŝin en la legoĉambro kaj poste kunestis kun ŝi."

"Nu, tio jam estas io. Unue la amikino: Ĉu ankaŭ ŝi loĝis ĉi tie en la hotelo?"

"Ne."

"Kie do?"

"Neniu sciis tion."

"Kiel ŝi aspektis?"

"Granda, blonda, elegante vestita, kun aplomba konduto."

"Ĉu ŝi longtempe estis ĉi tie?"

"Certe kelkajn semajnojn. Tiom longe ŝi jam vizitis sinjorinon Smith ĉi tie en la hotelo."

"Bone. La ceteron ni certe ankaŭ ekscios. Nun la sinjoro: Kion vi scias pri li?"

"Same tre granda, larĝstatura, same elegante vestita, kun nigra, mallonge tondita hararo, alta frunto, maldensaj vangharoj."

"Ĉu sen lipharoj?"

"Jes."

"Tiukaze li aŭ ne estis la murdisto, aŭ, kio ne estus miriga, surhavis falsan liphararon, kiam li trairis la peron-barilon. La bluajn okulvitrojn li certe surmetis nur por eviti reekkonon. Ĉu vi scias ion rilate al lia loĝejo?"

"Bedaŭrinde ne."

"Mi konjektas, ke li venis ĉi tien nur por kunirigi sian viktimon, pri kies intencita vojaĝo al Leipzig li estis informita. Kiajn paŝojn vi faris, por informiĝi pri la amikino?"

"Mi demandis en la hoteloj kaj kelkaj iom grandaj pensionoj por fremduloj."

"Daŭrigu tion. Intertempe mi faros esploron laŭ alia direkto. Post du horoj ni ree renkontiĝos ĉi tie."

"Laŭ ordono, sinjoro kriminal-komisaro."

Merten iris al la paperaĵ-vendejo, kies adreson li notis en Leipzig. Ĝi estis en Schönau, la apudloko de Teplitz.

"Ĉu vi eble rememoras pri sinjorino, amerikanino, kiu antaŭ kelka tempo aĉetis tian libron ĉe vi?" li demandis la vendistinon, montrante al amaso da similaj kajeroj kiel tiu uzita por la manuskripto.

"Nin vizitadas tiom multe da sinjorinoj, ke oni tute ne povas memore fiksi la unuopajn."

"Nu, nuntempe, ekster la sezono, la vizitado certe ne estas tiel granda. Estas tre grave por mi, ricevi informojn pri la sinjorino. Se vi povas helpi min en tio, mi volonte donos al vi monrekompencon. La sinjorino estis blonda, verŝajne en kostumo el flave-griza silkoŝtofo, kiel vidvino ŝi surhavis du edzecajn ringojn unu apud la alia sur la ringfingro de la dekstra mano, kaj ŝi loĝis en hotelo Malnova Urbodomo."

La vendistino streĉe meditis. "Ĉu ŝi eble estis ĉi tie antaŭ kelkaj tagoj kune kun tre fortstatura sinjoro, kun kiu ŝi parolis anglalingve, kaj tiam aĉetis oran krajonon?" ŝi subite demandis.

"Ĉu ŝi tiam aĉetis oran krajonon, mi ne scias. Sed pri la sinjoro, tio povus esti ĝusta. Ĉu li havis maldensajn, malhelajn vangharojn?"

"Jes."

"Sed, kiel li nomiĝis kaj kie li loĝis, vi verŝajne ne scias?"

"Ne. Mi vidis lin nur tiun unu fojon. Sed, se estis la sinjorino, kiun vi celas, ŝi nun ne plu estas ĉi tie. Ŝi diris, ke ŝi devos forvojaĝi vespere. Tio estis antaŭhieraŭ."

"Ankaŭ tio estas ĝusta. Cetere, vi ŝajne komprenas la anglan lingvon, ĉu ne?"

"Mi parolas iom kaj la anglan kaj la francan lingvojn. Tio estas necesa en banloko, kia estas Teplitz."

"Ĉu ŝi eble havis kun la sinjoro konversacion, el kiu vi komprenis ion?"

"Mi ne atentis pri tio, ne interesis min."

"Kompreneble. Sed eble vi ankoraŭ scias, ĉu ŝi tre intime parolis kun la sinjoro?"

"Jes, tre intime. Kaj li estis tre kompleza al ŝi, kiel vera kavaliro. Kaj – atendu – Franco ŝi nomis lin."

"Ho, tio povus esti grava. Nome, tiu sinjoro Franco estas malbona deloganto, kiu jam pli ol unu virinon faris malfeliĉa."

Ĉi tiu senpere farita rimarkigo efikis ankoraŭ pli ol la promesita rekompenco. La virinoj ĉi-tiurilate posedas multe pli da sento pri solidareco ol la viroj.

"Ankaŭ ŝi kondutis tre ameme al li", fervore diris la malgranda, bela vendistino, "ili estis preskaŭ kiel veraj gefianĉoj. Kaj alitempe ŝi ŝajnis sufiĉe fiera, kiam ŝi parolis kun la alia sinjorino."

"Kun kiu?"

"Ŝi nomis ŝin Edito, kaj ili ŝajnis esti tre bonaj amikinoj. Edito ankaŭ iomete similis al ŝi, sed nur tute iomete. Kaj ŝi nomis ŝin Alico, ĝuste. Sed kiel Edito krome nomiĝis, tion mi ne scias."

"Domaĝe, tio estus tre grava por mi."

"Sed kie Edito loĝis, tion mi scias. En pensiono Degen estis. Foje mi tien devis sendi al ŝi kartonon da leterpapero kaj kovertojn. Ofte ŝi ankaŭ aĉetis vidaĵkartojn ĉe ni."

"Kien ŝi sendis tiujn, vi apenaŭ scias, ĉu ne?"

"Certe al la eksterlando, ĉar ŝi ĉiam uzis dek-helerajn poŝtmarkojn; verŝajne al Ameriko."

"Tio povas esti. Ĉu Edito en la lastaj tagoj ankoraŭfoje estis ĉi tie?"

„Ne."

"Se ŝi eble ree venos, bonvolu havi la afablecon, peti ŝin pri ŝia adreso. Diru al ŝi, ke okazas pro ŝia amikino Alico."

"Volonte!"

"Kaj se ŝi demandas, kiu deziras scii ŝian adreson, donu al ŝi mian vizitkarton." Li transdonis al la fraŭlino sian vizitkarton, post kiam li estis metinta ĝin en malgrandan koverton kaj ferminta ĉi tiun. Poste li donis al ŝi la promesitan rekompencon kaj forlasis la vendejon, por iri al pensiono Degen.

La posedantino de pensiono Degen, fraŭlino Matildo Degen, laŭ la klarigoj faritaj de Merten, tuj konstatis, ke povas temi pri fraŭlino Edito Mac Kennon el Chicago. Sed - nova, malagrabla surprizo - ankaŭ ĉi tiu sinjorino estis forvojaĝinta en la antaŭtagmezo de l' pasinta tago. Interparole ŝi diris, ke ŝi intencas viziti amikinon en Dresden, sed ŝi ne estis sciiginta ties adreson.

Unu ŝanco ankoraŭ ekzistis: eble almenaŭ unu el la du sinjorinoj en la poŝtejo postlasis sciigon, kien eble ankoraŭ alvenontaj poŝtaĵoj estu postsendotaj.

Bedaŭrinde ankaŭ ĉi tiu espero estis vana. Kvankam la poŝtoficejo jam estis fermita, la estro de la oficejo laŭ la peto de Merten interrompis sian eksterdeĵoran ripozon por serĉi tian sciigon, sed ne trovis ian.[6]

Merten tute klare komprenis, ke li, por trovi la murdiston, unue devas koni la rilaton inter ĉi tiu kaj Alico Smith, kaj ke la plej proksima kaj ŝajne sola vojo al tio estas, serĉi la amikinon, fraŭlinon Edito Mac Kennon. Sed ĉi tio estis pli facile dirita ol farita; ĉar, kvankam por ŝi ne ekzistis kaŭzo sin kaŝi, tamen mankis iu alia informo, kie ŝi povus esti - escepte de la sciigo, ke ŝi volas viziti amikinon en Dresden.[7]

Merten ankoraŭfoje iris al la paperaĵ-vendejo, por aĉeti saman krajonon kiel tiun, kiun Alico estis aĉetinta. Li trovis la vendejon jam fermita. Sed, ĉar la loĝejo de l' posedanto estis tute proksima, kiel Merten demande eksciis, li iris al li. Konsiderante la profiton el la vendo, la posedanto volonte estis preta, ankoraŭfoje sendi sian vendistinon, kiu loĝis ĉe li, al la vendejo, por plenumi la deziron de Merten.

Poste von Merten reiris al la hotelo, kie Kruse atendis lin. La esploroj de la suboficisto restis sensukcesaj. Ambaŭ nun iris al la stacidomo, por dum la nokto kune veturi al Dresden.

TRIA ĈAPITRO

Post sia alveno en Dresden la du oficistoj tuj iris al la polica direkcio, por helpe de la oficejo por enregistrado de loĝantoj senprokraste konstatigi, ĉu iu fraŭlino Edito Mac Kennon el Chicago estas anoncita. Efektive ŝi estis alveninta en Dresden, sed jam ree forveturinta, ne konate kien. En hotelo Kronprinco, Dresden-Neustadt, ŝi loĝis.

La oficistoj iris tien. La pordisto tre precize rememoris pri la bela kaj certe ankaŭ ne trinkmonŝparema juna sinjorino. Li havigis al ŝi fiakron, per kiu ŝi veturis al Schiller-strato.

"Ĉu vi ankoraŭ scias la numeron en Schiller-strato?"

"Ne, ĝin mi ne konservis en la memoro."

"Aŭ la numeron de la fiakro, per kiu ŝi veturis?"

"La fiakro haltas tie transe."

Merten venigis la fiakron.

"Hieraŭ vi veturigis sinjorinon de ĉi tie al Schiller-strato", li diris al la veturigisto, "ĉu vi ankoraŭ scias la numeron de la koncerna domo?"

"Kompreneble, estis numero 25!"

"Ĉu la sinjorino reveturis kun vi?"

"Jes. Ŝi diris, ke mi atendu dek minutojn; se ŝi ĝis tiam ne estus reveninta, mi povus forveturi. Sed apenaŭ kvin minutoj estis pasintaj, kiam ŝi revenis el la domo."

"Ĉu vi rekte reveturigis ŝin al la hotelo?"

"Jes!"

"Ĉu vi veturigis ŝin nur tiun unu fojon?"

"Nur unufoje."

"Bone! Nun veturigu ankaŭ nin al Schiller-strato, numero 25."

Veturante tra Haupt-strato, Albert-placo, Bautzener strato, ili en dek minutoj atingis la celon. Ankaŭ von Merten igis atendi la fiakron. Same kiel ĉiuj domoj de Schiller-strato, ankaŭ la celita estis vilao staranta en ĝardeno, kaj ĝi havis nur tri etaĝojn. Nur malmultaj familioj povus loĝi en ĝi, do la esploroj ne daŭrus tre longtempe.

La domposedanto, loĝanta en la teretaĝo, ne konis iun fraŭlinon Mac Kennon, same ne la loĝantoj de l' frontonetaĝo. Sekve la fraŭlino povis esti vizitinta nur la loĝanton de la unua etaĝo, pensiitan kolonelo-leŭtenanton von Gersdorf, kiu nur antaŭ ne longe edziĝis. Li estis forveturinta, kiel la dommastro sciigis, al Erfurt, por tie vendi apartenantan al li domon. Sed lia edzino trovis sin proksime en la sanatorio de D-ro Faber en Weißer Hirsch.

Ĉar oni tre oportune povas veturi tien per la elektra tramvojo, Merten pagis la fiakriston kaj kun Kruse veturis al la dirita sanatorio. Ĉi ties pordisto konfirmis, ke sinjorino von Gersdorf estas tie. Merten igis anonci sin ĉe ŝi, kaj ŝi petis, ke li iru en la salonon, en tiu frua horo nur malofte uzatan.

En la salono li trovis mezgrandan sinjorinon de perfekta figuro, kun tre inteligenta vizaĝo kaj aplomba konduto.

"Mia amikino Edito Mac Kennon estas ĉi tie", ŝi vigle kriis, kiam von Merten estis klariginta al ŝi la celon de sia vizito. "Ne kiel kuracatino, sed nur, por kunesti kun mi kelkajn tagojn. Pro oportuneco ŝi enloĝiĝis ĉi tie, en la Svisa Domo, unu el la apudaj domoj de la kuracejo. Ĉu vi volas interparoli kun ŝi?"

"Estus eksterordinare grave por mi, sinjorino!"

"Ĉi tiu deziro estas facile plenumebla!"

Ŝi eliris, kaj post paso de kvaronhoro eniris la salonon fraŭlino Edito Mac Kennon, tute konforma al la priskribo farita al Merten pri ŝi.

Merten mallonge raportis al ŝi pri la okazinta murdo.

Ŝi estis profunde emociita. El ŝiaj malhelaj, belaj okuloj

fluis larmo post larmo sur la puntotukon, kiun ŝi premis sur la buŝon por reteni sian singultadon.

"Kompatinda Alico!" ŝi ekkriis, post kiam ŝi estis reestrinta sin. "Ankoraŭ tiel juna, kaj tiel teruran finon! Mi ripetfoje avertis ŝin kontraŭ Franco Jameson, sed kun blinda pasio ŝi estis sindona al li. Ŝi estis tute kaptita de li, kiel jam kelk-iu alia sinjorino antaŭ ŝi!"

"Ĉu vi havus la afablecon, raporti al mi ion pli detalan pri Franco Jameson?"

"Lia patro estis unu el la plej riĉaj komercistoj de Chicago. Sed oni diris, ke li estis tre malmulte skrupula rilate al la vojoj kondukintaj lin al riĉeco. Lia edzino mortis frue. Ŝi postlasis al li nur tiun solan filon. Li preskaŭ adoris sian filon kaj lasis al li ĉiun eblan liberecon. La sekvo estis, ke Franco, kiu korpe viriĝis al lerta en ĉiuspeca sporto, tre forta kaj bela homo, morale staris sur plej malalta ŝtupo. En aĝo de dudek kvin jaroj li estis ĝuinta ĝis la tedo ĉiujn plezurojn, kiujn amerika grandurbo prezentas en pli granda amplekso kaj en multe pli rafinita speco ol eŭropa. Nenio estis sankta al li; nur ofero de manpleno da mildolaraj monbiletoj iam savis lin de publika skandalo, de juĝa kondamno. Vi ja scias, ke ĉe ni per mono estas farebla multo, preskaŭ ĉio. Pri Franco oni diris, ke li preskaŭ tute foruzis sian patran havaĵon, kiel ajn granda ĉi tiu eĉ estis."

"Ĉu li estis ludisto?"

"Unu el la plej fervoraj. Dum nokto kaj tago kaj ree dum nokto li laŭdire sidis ĉe la hazardludo. Nur tiel fortega naturo kiel lia povis elteni tion! Kaj en tian homon mia kompatinda Alico amiĝis!"

"Ĉu sinjorino Smith estis riĉa?"

"Ne. Ŝia mortinta edzo ja testamentis al ŝi, kiu nur tre modestan kapitalon enportis en la edzecon, sian tutan havaĵon, sed nur en formo de dumviva rento, tamen sufiĉe altsuma, laŭ mia opinio proksimume dek mil dolarojn dumjare. Sed okaze de reedziniĝo ŝi perdus de ĉi tiu rento tri kvaronojn favore de bonfaraj fondaĵoj."

"Do sinjorino Smith nepre ne estis tio, kion oni kutimas nomi 'bona partio'[8]?"

"Ne, tute ne. Mi ne estus kredinta, ke Franco amindumus ŝin. Spite de sia malbona reputacio li tamen povus edziĝi kun riĉa fraŭlino. Lia konduto estis tiel ĉarmanta, ke pli ol unu el niaj heredontinoj tre volonte estus vidinta lin kiel edziĝ-aspiranton. Ke tamen al Alico li prezentis siajn ovaciojn, vekas iom pli mildan opinion pri li, ol estus okazinte alie. Sed nun tia terura fino! Kaj ĉu vi certe opinias, ke li estis la murdisto?

"Kiu alia povus esti?"

"Sed la motivo de l' faro?"

"Jen tio, kio faras la murdon tiel malfacile klarigebla. Se Alico Smith estus estinta riĉa, se ŝi estus farinta testamenton profite de li, la afero estus klara, des pli klara, ke laŭ la informoj, kiujn vi donis al mi, mi povas opinii lin kapabla al murdo pro egoismo. Ĉu sinjorino Smith faris gravajn ŝparaĵojn de sia rento?"

"Tre verŝajne ne, ĉar ŝia edzo mortis nur antaŭ du jaroj."

"Tiukaze la ŝparaĵoj kompreneble ne povis esti grandaj. Do la krimo ŝajne estas farita pro iu granda celo, ne pro kelkmiloj da dolaroj. Ĉu vi scias certe, ke Alico Smith ne havis plian posedaĵon krom sia rento?"

"Tute certe. Mi ofte miris pri tio, ke ŝi ĉiam konsumis la tutan renton, kvankam ŝi neniel vivis malŝpareme."

"Tio igas pripensi. Ĉu ŝi eble tiun sinjoron Jameson subtenis el sia rento?"

"Tio estas ebla, eĉ verŝajna. Sed kiamaniere esplori tion?"

"Ĉu li multe kunestis kun ŝi? Ĉu li akompanis ŝin sur ŝiaj vojaĝoj? Ĉu ŝi ofte faris vojaĝojn?" Merten vigle demandis.

"Oni povas diri, ke ŝi daŭre estis survoje, post kiam ŝia

edzo estis mortinta. Ĉar la geedzoj ne havis infanojn, ili vivis en Boardinghouse*). Do la likvido de la mastrumaĵoj ne estis malfacila. Sed sinjoro Jameson ne akompanis Alicon sur vojaĝoj, kiujn ŝi entreprenis, por iom ĉirkaŭrigardi en la mondo; mi pensas, ke li ne faris tion, ĉar li ne povis forlasi sian ludklubon en Chicago."

"Sekve, se ŝi efektive subtenis lin, ŝi estus sendinta monon al li. Ĉu vi scias, kiu banko aŭ kiu asekur-societo elpagis al ŝi la renton?"

"Ne. Sed estis banko en Chicago, tion mi scias."

"Ho, ĝi estos facile trovebla per kabla depeŝo. Eble ni eĉ ne bezonos tian. Por la vojaĝo al Eŭropo sinjorino Smith certe kunprenis kreditatestojn. Tio estas plej bona kaj plej sekura por vojaĝoj. Ĉu vi eble scias, ĉu banko en Dresden apartenis al la pagejoj?"

"Ne. Sed okaze Alico diris al mi, ke en Germanujo ŝi ricevas la elpagojn per la filioj de la Germana Banko, en Francujo per tiuj de la instituto Crédit Lyonnais. Ŝi intencis, de ĉi tie vojaĝi al Nice, post kiam en Leipzig ŝi estos perfektiginta kontrakton kun eldonisto."

"Do estos facile, ĉe Germana Banko ekscii, kiu amerika banko donis la kreditateston. Tre verŝajne estas la sama, kiu pagis al ŝi la renton. Ĉar, kiel vi diris, sinjoro Jameson plej multe restadis en Chicago, estas tre verŝajne, ke sinjorino Smith, se ŝi subtenis lin, faris tion ne per transsendo de kontanta mono, sed per sendo de ĉekoj pagotaj de ŝia banko en Chicago."

"Kial estas tiel grave por vi, ricevi certecon rilate al tiu subteno?"

"Por atingi klarecon pri la motivo de la krimo. Se Jameson ricevis daŭrajn subtenojn de Alico Smith, li havis ankaŭ la

*) *Noto de la aŭtoro (1920):* Speco de pensiona loĝejo en Usono, kutimo pli kaj pli disvastiĝanta en Usono, precipe pro la manko de bona servistaro.

plej grandan intereson pri tio, scii ŝin vivanta, anstataŭ murdi ŝin. La plej proksima klarigo por lia faro estus, ke ŝi estus disponinta pri granda posedaĵo kaj estus farinta testamenton profite de li. Sed, ĉar ŝi ricevis nur dumvivan renton, ja sufiĉe grandan, la motivo de lia faro ankoraŭ pli misteriĝas, anstataŭ iom post iom klariĝi."

"Ĉu povas esti, ke li faris la murdon eble en eksciteco, en kolera paroksismo?"

"Kontraŭ tio parolas gravaĵo. La murdo estis zorgeme preparita, tion pruvas la elekto de la taŭga loko, la maniero de la efektivigo. Kloroformon oni ne kutimas hazarde porti ĉe si, same malmulte falsajn vangharojn kaj bluajn okulvitrojn. Plue: Ĉu vi konsideras ĝin verŝajna, ke sinjorino Smith estus rifuzinta al sia amato peton pri pli da mono?"

"Mi ne kredas!"

"Do ankaŭ psikologiaj kaŭzoj parolas kontraŭ la verŝajneco, ke la murdo estas farita en subita ekscito. Ne, la motivo estas serĉota sur alia kampo."

"Eble la murdisto konfesos ĝin, kvankam — "

"Kvankam li ŝajnas esti ruzegulo, vi volas diri. Ne, fraŭlino, tion mi ne kuraĝas esperi. Kiu faron de tia graveco, kian murdo havas, tiel zorgeme preparas, tiu ankaŭ pensas pri la ebleco, ke li estos esplorata kiel farinto, kaj li preparas sin por tio. De malforta homo la ektimo pri subita aresto elŝiras konfeson; sed tiu Franco Jameson trovus, pri tio mi estas konvinkita, eĉ tiam ankoraŭ akcepteblan klarigon, kiam oni sukcesus pruvi, ke li sola kun sia viktimo estis en la kupeo. Kaj eĉ tion ni ĝis nun ne povas!"

"Mi vidis, ke li kun Alico eniris kupeon, en kiu ne estis alia kunvojaĝanto."

"Tio jam estas grava, sed ankoraŭ tute ne sufiĉas, ankaŭ ne tiukaze, se la konduktoroj eble atestus, ke Jameson restis sola kun ŝi. Ni ekzemple supozu, ke li defendus sin, dirante, ke per enspirado de kloroformo ŝi volis kvietigi intensan, ŝin plej forte turmentantan kapdoloron kaj malfeliĉe tro longe daŭrigis la enspiradon. Timante esti konsiderata kiel murdisto, li poste kaŝis la kadavron en la priskribita maniero. Tio aŭskultiĝus ne verŝajna, certe, kaj antaŭ juĝistaro li supozeble ne sukcesus per tio. Sed murdo estas delikto, por kiu nur asiza juĝantaro estas kompetenta, kaj lerta advokato per tiaj rezonoj des pli verŝajne instigus la ĵuralsidantojn[9] al malkondamno, ke Jameson, kiel mi jam akcentis, ŝajne havis pli grandan intereson pri ŝia vivo ol pri ŝia morto."

"Estus hontinde, se la senkonscienca murdisto evitus la justan punon!" Edito Mac Kennon kriis kun flamaj okuloj.

"Mi faros ĉion, por atingi la malon", von Merien fervore certigis. Li tute ne posedis facile ekflamigeblan koron. La daŭre malĝojigaj spertoj de lia profesio, kiuj ne malofte montris al li profundan animdegeneron ankaŭ sub la deloganta kovro de bela virino, ĝis nun ne igis lin pensi pri edziĝo, kvankam liaj kapabloj certigis al li bonan karieron. Krom tio sufiĉe granda privathavaĵo kune kun lia salajro liberigis lin de ĉiuj financaj zorgoj. Sed la amerikanino, en sia eksciteco aparte ĉarmanta, tamen impresis lin, almenaŭ por la momento.

"Sed kiamaniere vi volas esplori la motivon de lia krimo?" ŝi demandis post mallonga paŭzo, iom trankviliĝinte.

"Tion mi povos destini nur, kiam mi pli precize estos informita pri la detaloj de l' interrilatoj inter sinjorino Smith kaj Franco Jameson, eble nur post sufiĉe longa observado al Jameson."

"Ĉu vi tie volas lin aresti, tuj kiam vi estos trovinta lin?"

"Tio estus la plej malbona eraro, kiun mi povus fari. Unue estas necese, kolekti komplete sufiĉantan materialon, kiu sen ia dubo pruvas lian krimon. Ĉe la stranga stato de ĉi tiu afero la kulpiga materialo povas esti kolektata nur, se li povas libere sin movi, kaj ne, se li sidas en malliberejo."

"Eble vi estas prava", ŝi diris meditante, ne povante kaŝi

malgrandan seniluziiĝon. Por ŝi jam estas kontentigo, scii la murdiston de sia plej kara amikino almenaŭ elmetita al la turmento de esploraresto. "Sed kiel vi volas trovi lin? Ĝis nun ja mankas ĉiu postsigno de li!"

"Se li ŝatas sian ludklubon en Chicago tiel, ke li ne daŭre volis forlasi ĝin eĉ ne tial, por ankoraŭ pli firme kateni al si sinjorinon Smith, li nun, kiam li sentas sin libera, certe post ne tro longa tempo reiros al Chicago. Kompreneble mi ne daŭre povos restadi tie, por atendi lin, sed mi antaŭzorgos pri tio, ke lia reveno estu tuj anoncata al mi."

"Kaj tiam vi volas vojaĝi tien?"

"Certe!"

"Ĉu vi kalkulas je la helpo de la tiea polico?"

"Oni ne rajtas kaj ne povas rifuzi ĝin al mi."

"Ne, ne, tion mi ne celas, sed por tio, ke sinjoro Jameson estas informata pri ĉiuj viaj paŝoj kontraŭ li, por tio mi povus garantii al vi - almenaŭ tiukaze, se vi ne povas fari pli, ol li estas kapabla fari."

"Tiukaze mi do fidos al mi sola!" Merten rediris kun trankvila decideco.

Edito Mac Kennon ekzamene rigardis lin, rekte en la okulon. "Tion vi ne faros!" ŝi diris same trankvile, "mi partoprenos vian agadon."

"Ĉu vi, fraŭlino Mac Kennon?"

"Ĉu estas io nenatura, ke mi provas venĝi la murdon almia plej kara amikino?"

"Certe ne!"

"Aŭ ĉu ne virina?" Ree ŝi fikse rigardis lin. "En Eŭropo oni facile faras tian riproĉon al ni amerikaninoj, kiuj estas edukataj al pli senĝenaj pensado kaj agado ol la eŭropaninoj!"

"Ankaŭ tio ne. Kredu al mia certigo, fraŭlino Mac Kennon, ke mi estas libera de tiaj antaŭjuĝoj."

"Tio min ĝojigas. Do, de nun ni kune dediĉos nin al la tasko, venĝi la murdon."

"Tiri la murdiston al la meritita puno."

"Diru tiel aŭ tiel, la rezulto estos la sama. Mi tuj skribos al mia frato en Chicago, ke li telegrafe informu min tuj, kiam Franco Jameson revenos tien. Aŭ ĉu vi opinias, ke estas pli bone, se mi telegrafas al li?"

"Certe. Estas eble, kvankam ne verŝajne, ke sinjoro Jameson jam estas survoje al Chicago."

"Kial ne verŝajne?"

"Ĉar li, se li estas tia, kia mi opinias lin, pli verŝajne ankoraŭ estas en Germanujo, por observi la paŝojn faratajn por klarigi la krimon kaj por laŭ tio aranĝi la siajn."

"Kiamaniere li povas informiĝi pri tiuj paŝoj?"

"Per la gazetoj. Ne estas eviteble, ke afero kiel la nia fariĝas konata de la gazetaro kaj estas disvastigata per ĝi. Ĉi tio eĉ estas bona, ĉar ofte la gazetaro estis la plej valora helpanto en la esploro de krimo."

"En kia maniero?"

"Legante la gazetraportojn, homoj, pri kiuj ni neniam estus ekpensintaj, atentiĝis pri la afero kaj donis al ni sciigojn, kiuj por ni estis treege valoraj, ja eĉ kondukis al la trovo de l' krimulo. En la nuna afero mi devas servigi al mi la gazetaron, por fari la krimulon certa kaj por malstreĉi lian gardemon. Ankoraŭ hodiaŭ mi skribos al la urbestro en Altburg, ke mi bedaŭrinde ne sukcesis trovi ian postsignon de l' krimulo. Kiel mi povis vidi el la hodiaŭaj gazetoj, kiujn mi rapide tralegis dum la veturo ĉie tien, kelkaj gazetoj eĉ sendis specialajn raportistojn al Altburg. Ĉi tiuj certe ne ekscios multon, sed ili estas trovemaj homoj, ili scias, kion fari. Mi estas certa pri tio, ke la urbestro ne longe kontraŭstaros iliajn provojn, eldemandi lin. Li ankaŭ komunikos al ili, ke miaj klopodoj tute malsukcesis kaj ke mi veturos hejmen. Ankaŭ ĉi tion mi skribos al li."

"Sed vi ne forveturos, ĉu ne?"

"Mi tute ne pensas pri tio!"

Ŝiaj malhelaj okuloj, kiuj maltrankvile estis fiksitaj al li, ĝoje ekbrilis. "Kaj kion vi intencas fari?" ŝi demandis.

"La plej grava estas, esplori en la Dresden-a filio de Germana Banko, kiu banko en Chicago donis la kreditateston por sinjorino Alico Smith. Kreditleteroj estas tuj avizataj, por malebligi trompaĵojn."

"Bone. Kaj poste?"

"Poste mi devos provi esplori, kiujn elspezojn sinjorino Smith faris dum la lasta tempo, speciale, ĉu ŝi per ĉeko aŭ alimaniere sendis monon al sinjoro Jameson."

"En tio mi povus helpi vin. Mia frato okupas direkcian pozicion en unu el la plej grandaj eksportfirmoj en Chicago, en kiu li ankaŭ finance estas asociita. Al li oni ne rifuzos tiun informon."

"Tio jam estus tre valora servo, kiun vi farus al mi - aŭ pli vere al la afero, kiun mi prilaboras."

"Ĝi ne restos la sola. Eble mia frato ankaŭ povus ekscii, kien Franco - per Alico mi kutimiĝis nomi lin je lia antaŭnomo - igas postsendi al si leterojn aŭ aliajn sciigojn."

"Se tio sukcesus, ĝi estus eksterordinare utila por ni. Ankaŭ mi jam pensis pri tio, tamen mi havas skrupulojn."

"Pro kio?"

"Se tia esploro ne estas farata kun plej granda singardemo kaj granda lerteco, ĝi pli malutilas ol utilas. La krimulo fariĝus suspektema. Li ne antaŭsentu, ke por ni estas klare, ke li estas la farinto de l' murdo."

"Mia frato estas tre inteligenta, li farus la informiĝon kun la plej granda ruzo."

"Se mi povus esti certa pri tio —"

"Vi povas!" ŝi rapide interrompis lin. "Mi garantias por li!"

Merten ridetis pri ŝia fervoro. "Unue ni atendu, kian rezulton havos miaj esploroj ĉe la Germana Banko", li evite respondis. "De tio dependos ĉio plua."

"Kaj kiam mi ekscios la rezulton? Ĉu mi akompanu vin?"

"Tio kompreneble nur povus esti agrabla al mi, fraŭlina moŝto!"

"Bone, post dek minutoj mi revenos"; ŝi rediris kaj eliris.

Preskaŭ duonan horon daŭris, ĝis kiam ŝi revenis en moderna vesto, eleganta de la granda strutoplumo sur la ĉapo ĝis la beletaj lakbotetoj. Merten estis uzinta la tempon por rigardi la sanatorion instalitan per la plej novaj aparatoj de medicina tekniko.[10] Nun li veturis kun fraŭlino Mac Kennon per la elektra tramo[11] ĝis Albert-placo. De tie ili piede iris al la filio de Germana Banko. Post kiam Merten estis legitiminta sin, ili tuj eksciis, ke la banko Walton & Cie. en Chicago donis al sinjorino Alico Smith kreditateston pri 5000 dolaroj kaj avizis ĝin al la banko en Dresden. Sed ĝis nun ne okazis monpostulo pri ĝi.

"Ĉu mi nun telegrafu al mia frato?" Edito Mac Kennon rapideme demandis, kiam ili forlasis la bankejon. "Mi ripetas al vi: Mi garantias por tio, ke mia frato procedos tiel saĝe kaj singardeme, kiel vi mem farus tion."

"Se vi eksprese atentigos lin pri tio, mi konsentas", li respondis. Intertempe li estis pripensinta, ke tian valoran helpon, kiu al li prezentis sin, li ne rajtas malakcepti pro troigita singardemo. Eble ankaŭ - ne konscie por li - al lia decido kunefikis la penso, ke la juna amerikanino, se li rifuzus ŝian proponitan helpon, estus ofendita kaj konsiderus lin tro pedanta, juĝo, kiun la homoj el trans la granda akvaro tre facile elparolas pri la germanoj. Al li estis grave, ne esti malĝuste prijuĝata de ŝi. Kial? Pri tio cerbumi li evitis. Sed ne estis vanteco, kiu lin influis.—

En la poŝtejo ŝi skribis la telegramon kaj poste donis ĝin al li. "Ĉu ĝi estas bona?" ŝi demandis.

Li legis: "Se eble, esploru absolute nerimarkate, kien Franco igas postsendi leterojn. Kiam li revenos, tuj telegrafu al mi. Kostoj indiferentaj."

Li faris iom dubeman mienon.

"Nu, ĉu mankas io?" ŝi demandis.

"Kostoj indiferentaj!" li respondis. "Kvankam la afero estas tre grava, mi tamen bedaŭrinde ne povas permesi al mi tian disponon! La ŝtataj monrimedoj – "

"Sed mi povas!" ŝi interrompis lin ridante. "Mi volas, ke la murdisto estu kaptata, kaj tial kelkcentoj da dolaroj pli aŭ malpli efektive ne estas gravaj por mi. Do ĉi tiun skrupulon forlasu, mi insiste petas!"

Vole-nevole li devis obei al ŝia deziro. "Se vi nepre volas", li diris, "mi konsentas. Sed ĉi-tiukaze eble estas rekomendinde komisii la esplorojn al Pinkerton. Vi certe konas la nomon!"

"Ĉu la plej grandan amerikan detektivejon? Komprenebe! Jes, tio estas bona ideo."

En la telegramo ŝi aldonis post la vorto "esploru" ankoraŭ "per Pinkerton" kaj nun volis forsendi ĝin.

"Malgrandaĵon vi ankoraŭ forgesis", li diris ridetante kaj malhelpis ŝin efektivigi sian intencon. "Kien via frato adresu la informon?"

"Hm, tio estas ĝusta. Nu, kie ni estos dum la venonta tempo?"

"Pri mia persono mi tion tute ne povas destini. Tio dependos de la cirkonstancoj, plej multe de la informo, kiun ni ricevos de la firmo Walton & Cie. kaj pri kiu mi petos la bankon pere de la germana konsulejo en Chicago. Mi tuj telegrafos al ĉi tiu."

"Sed mi jam diris al vi, ke mia frato plej rapide kaj plej bone ricevos tiun informon. Mi nur ne pensis pri tio pro rapideco. Kial vi ne memorigis min pri tio?"

"Mi ne rajtas tro multe pretendi vian bonecon!"

"Pedanto!" Jen li devis akcepti tiun ŝatatan signovorton.

"Kvazaŭ mi nur 'pro boneco' agus tiel, kiel mi agas. Okazas por venĝi mian kompatindan Alicon, nur pro tio! – Kaj se per tio mi povas plifaciligi vian malfacilan taskon, mi ĝojas!" ŝi aldonis kun afabla rideto, vidinte, ke ĉe ŝiaj unuaj paroloj montriĝis esprimo de malkontenteto en lia vizaĝo.

"Tiukaze bonvolu ankoraŭ aldoni: Esploru ĉe banko Walton elspezojn de Alico Smith dum lasta tempo." Ŝi faris tion. "Kaj kiel adreson aldonu: Komisaro von Merten, Berlin, ĉefpolicejo. De tie, kien mi ĉiutempe sciigas la lokon de mia restado, oni postsendas al mi ĉion alvenantan por mi."

"Bone!" Ŝi skribis ankaŭ tion. "Ĉu ni nun estas pretaj?"

Li ankoraŭfoje tralegis la telegramon kaj poste ekspedis ĝin.

"Nun ni do ne povas fari ion, antaŭ ol ni havos respondon el Chicago, ĉu ne?" ŝi demandis, kiam ili forlasis la poŝtejon.

"Tamen! La fervoja konduktoro, kiu en la nokto de l' murdo deĵoris en la koncerna kupeo, ankoraŭ estas pridemandota, kvankam mi kredas, ke lia eldiro ne estos tre valora por ni. Ni devas iri al la stacidomo Dresden-Neustadt, kien mi sendis mian suboficiston Kruse por demandi, kie kaj kiam ni povus renkonti la konduktoron. Kruse atendas min tie."

Ili veturis al la stacidomo. "La konduktoro estos ĉi tie je la 5a horo por ekdeĵori", Kruse sciigis. "Li nomiĝas Karlo Ledermann kaj loĝas en Oppell-strato, numero 17."

"Do, supozeble li nun estas hejme. Al li!" Merten decidis. "Ĉu vi volas akompani nin, fraŭlino Mac Kennon?"

"Kompreneble!"

Per fiakro la tri veturis al la loĝejo de l' konduktoro. Ĉi tiu kaj lia edzino treege miris pri la vizito, kies celon von Merten klarigis al li.

"Hm, pri la du vojaĝintoj, tio estas afero iom stranga", li diris, gratante sian kapon. "Kiam ni forveturis el Teplitz, ili estis en la kupeo, kaj kiam ni alvenis en Dresden, ili estis for."

"Kion vi pensis, kiam vi rimarkis tion?"

"Mi pensis, ke ili eble erare forlasis la vagonaron ie survoje!"

"Ĉu vi ne oficiale sciigis la okazintaĵon?"

"Ne! Pro kio? La biletojn ili havis, tion mi vidis, kaj se ili survoje volis forlasi la vagonaron, nu, kial ne[22]! Tio estas indiferenta al mi!"

"Ĉu ili relasis vojaĝpakaĵon?"

"Ne, ĝin mi certe estus transdoninta al la oficejo por trovitaĵoj, mia bona sinjoro! Mi bone scias, kion mi devas fari, jes!"

"Kaj ĉu eble io alia estis trovata en la kupeo?"

"Ne, nenio, tute nenio!"

"Ĉu vi rimarkis ion specialan ĉe la du pasaĝeroj?"

"Ne, mi pensis, ke eble estas geamantoj, pro —"

"Nu?"

"Nu, mi nur pensis tion."

"Vi prisilentas ion! Mi bone rimarkas vian embarason! Eldiru! Pripensu, ke vi, malfaciligante la esploron per silento pri iu grava cirkonstanco, estas atendonta gravan punon, minimume disciplinan proceson!"

"Ho, pro tio, ne faru aferojn! Ne estas io tiel malbona, nur, se la direkcio ekscios pri tio —"

"La sinjoro donis al vi trinkmonon, por ke li restu sola kun la sinjorino en la kupeo!"

"Nu, se vi jam scias tion, jes, tiel estis! Sed ne faru aferojn pro tio ĉe la direkcio, ĉu ne? Mi estas malriĉulo, kaj tia guldeno estas bonvena subteno por mia sufiĉe granda familio."

"Mi ne denuncos vin pro tio, trankviliĝu! Sed nun diru al mi ankoraŭ, kiel aspektis la fremdulo?"

"Nu, ĝuste tiel, kiel la vojaĝantoj de la dua klaso aspektas! Li havis elegantan veston, elegantan palton, kaj la sinjorino ankaŭ estis tre elegante vestita."

"Ĉu li havis barbon?"

"Nur iomete laŭlonge de la vangoj."

"Ĉu ne lipharojn?"

"Ne!"

"Ĉu ankaŭ ne okulvitrojn aŭ nazumon?"

"Ne!"

"Kian vojaĝpakaĵon li havis?"

"Tion mi efektive ne plu tre precize scias. Atendu! Jes, mi pensas, ke li havis grandan valizon kaj ŝi malgrandan. Jes, tiel tre versajne estis!"

Merten vidis, ke la konduktoro ne sciis pli, ol li jam diris. Pro tio la tri vizitantoj forlasis lin kaj kune iris al la loĝejo de Merten.

"Du kulpigaj punktoj ja rezultis el la eldiro de l' konduktoro", von Merten diris, kiam ili estis en lia ĉambro. "La dono de l' trinkmono, ne grava afero, kaj la surmeto de l' barbo kaj de la okulvitroj post la kontrolo de la biletoj per la konduktoro, do certe nur post la murdfaro. Tute vana ĉi tiu paŝo sekve ne estis!"

"Kaj nun?" Edito demandis.

"Nun ni devas atendi la respondon el Chicago, kiu plej frue povos alveni morgaŭ. Ĝis tiam ni ne povas entrepreni ion, ĉar ni tute ne povas antaŭscii, kien la informoj el Chicago irigos nin. Do estas necese, fari paŭzon en nia agado."

"Ĉu intertempe ni volas iom rigardi la urbon? Mi preskaŭ tute ne konas ĝin,"

"Kun plej granda plezuro mi estos via gvidanto. Kruse, ankaŭ vi povas iom ripozi. Loĝiĝu en unu el la hoteloj proksime al la stacidomo Neustadt, eble en hotelo de Novurbo, de Metz, de Koburg aŭ iu alia. Mi loĝiĝos en hotelo Kronprinco. Morgaŭ tagmeze demandu tie pri mi kaj atendu min, se mi ne estos tie. Nun reveturu al la stacidomo kaj telegrafu mian adreson al la ĉefpolicejo en Berlin. Krome telegrafu al la urbestrejo en Altburg, ke mi provizore finis la esploron; se ankoraŭ io grava okazis, oni sciigu ĝin tuj al la ĉefpolicejo por mi. Ĉu vi komprenis?"

"Tre bone, sinjoro kriminal-komisaro!"

"Mi dankas!"

Kruse salutis militiste kaj foriris.

"Nun vi do estas libera!" Edito kriis kun serena mieno. "Kion ni faros?"

"Unue ni certe devas solvi la prozan stomakdemandon."

"Kompreneble! Mi invitas vin, vi estos mia gasto. Ni manĝu en hotelo Kronprinco; mi jam foje manĝis tie kaj estis tre kontenta. Aŭ ĉu vi eble estas tre bonmanĝema?"

"Ĉu en mia profesio? Kiu tiel venas en ĝin, tiu tre baldaŭ ŝanĝiĝos."

"Kial vi elektis ĉi tiun profesion?"

"Pro nura emo. Mi estis oficiro, gaja rajdisto. Miaj superuloj estis kontentaj pri mi kaj mi pri ili. Ĉi tio sonas iom arogante, ĉu ne? Sed vi ne povas imagi, kiel malfacile ofte fariĝas, esti kontenta pri siaj superuloj. Ofte montriĝas opinidiferencoj, kaj kvankam la superulo oficiale ĉiam estas prava, tio tamen efektive ne ĉiukaze necesas esti. Kvankam la subulo nur plej malofte estas tiel aroganta, ja eĉ sensenca, voli obstini pri sia praveco – ĉe kio li en la daŭro de l' tempo ja ĉiam malprofitas – li tamen ofte interne koleras pri la superulo, kaj tio ne taŭgas. Kapabla, laŭ ĉiu direkto efektive kapabla oficiro povas esti nur tiu, kiu tute sin donas al sia profesio, estanta pli malfacila ol supraĵe juĝantaj homoj opinias, kiu sentas sin gaja kaj feliĉa ne nur kun ĝi, sed per ĝi."

"Tion mi komprenas."

"Por tio ni, miaj kamaradoj kaj mi, certe havis ĉiun kaŭzon. Nia 'maljunulo' – tiel la regimentestroj de ĉiam estas nomataj – ja estis severa en la servo, eĉ la plej malgrandan malkorektaĵon li kritikis, sed liaj riproĉoj baziĝis ĉiam sur profunda sperteco kaj neniam estis ofendaj, nek en la formo, nek en la tono. Li havis varman koron por ni. Tion eĉ la plej mallerta oficiraspiranto devis senti. Pro tio ni amis nian maljunulon kaj tial faris ĉion, kio estis ebla al ni, por ke la servo kontentige funkciu. Tiamaniere ĉio bone prosperis. Kia estas la oficiraro, tia estas la regimento, kaj kia estas la kolonelo, tia estas la oficiraro. Tio estas ĝusta. Tio estas ĝusta en naŭ el dek okazoj. Sed eble mi tedas vin per miaj militistaj klarigoj, ĉu ne?"

"Tute ne, kontraŭe, daŭrigu, mi petas vin!"

"Ĉar mi, kvankam ne estante avarulo, tamen vivis solide, mi povis permesi al mi la lukson de kurĉevalo. Mia 'Favorito', deveninta el fame konata bredejo, estis nobla, kara besto, kaj en Hamburg kaj en Breslau mi akiris sur ĝi venkojn en la vetkurado. Sed en Baden-Baden, ĉe salto, ĝi falegis kun mi. Ĝi ne estis difektata, sed mi des pli. Mia maldekstra brako rompiĝis tiel, ke mi ne plu estis militotaŭga. En la ĝendarmaro mi ankoraŭ povus esti uzata, sed por tia stato de amfibio, duone oficiro, duone polica oficisto, mi tute ne havis emon. Ĉar mi ne plu povis esti oficiro, mi preferis esti nur polica oficisto. Ankaŭ la ne ĉesanta batalo kontraŭ la krimularo estas sufiĉe interesa."

"Tion mi tre bone povas prezenti al mi. Tamen estas tre malfacila, konsumanta profesio!"

"Facila ĝi vere ne estas, kaj ĝuste tio estas bona. Mi estis tre senkuraĝigita, kiam mi devis demeti la militistan uniformon. Sed la malfacila polica servo, la neceso, ĉiujn pensojn koncentrigi sur unu punkton, helpis al mi superi la malgajan humoron, kaj en la daŭro de l' tempo mi pli kaj pli amis mian profesion tiel, ke nun, ĉar mi ne plu povas esti gaja rajdisto, mi neniel dezirus ĝin anstataŭigi per alia."

"Sed, ĉu ĝi ne kelkafoje ankaŭ estas danĝera?"

" Ĝuste tio estas interesa! Ekzemple jam nun mi ĝojas pri la momento, en kiu mi metos la manon sur tiun Franco Jameson."

"Ne subtaksu lin! En la stato de malespero, kiam li vidas sian planon malsukcesinta kaj sin kaptita, li estas kapabla por ĉio!"

"Mi jam devis min okupi pri pli ol unu malesperanta krimulo kaj sukcesis estri lin!"

"Certe do estas la danĝeroj de via profesio, kiuj vin ĝis nun detenis edziĝi, ĉu ne?"

"Ĝis nun mi ne havis kaŭzon serioze pripensi ĉi tiun demandon. Ĉe mi tio estas multe malpli miriga ol —"

"Ol ĉe vi!"

Ŝi ridis. "Unue ni manĝu, kaj poste, ĉe la deserto, mi rakontos al vi, kial mi, malgraŭ miaj dudek sep jaroj, ankoraŭ estas needziniĝinta."

Ŝi plenumis sian promeson. Post la manĝo, kiu vere estis bonega, ŝi demandis, senŝeligante sukan piron: "Kion vi opinias, kial mi ĉiam vagadas tra la mondo?"

"Mi ne estas kapabla tion diveni."

"Mi serĉas edzon!"

"Ne eble!"

"Efektive, estas tiel!"

"Sed klarigu al mi —"

"Mi volas fari tion. Mia patro estis skoto, kaj mi heredis lian karakteron. Ĉi ties ĉefa trajto estas iu romantiko, kiu, kvankam tio ŝajnas stranga, tre bone harmonias kun praktika malfantaziemo en negocaj aferoj. La romantiko malebligis, ke amerika dolar-akiremulo plaĉis al mi, kaj la praktika malfantaziemo rapide igis min ekkoni ĉe eŭropaj aspirantoj, ke ne mia persono, sed mia havaĵo estis la kaŭzo de iliaj ovacioj."

"Mi pensas, ke vi en la lasta rilato estas tro pesimisma. Via personeco estas tia - mi esperas, ke vi konsideras min ne kapabla diri al vi flataĵon -, ke ĝi tre bone povas ne nur logi viron, sed daŭre feliĉigi. Ne troigu vian malkonfidon."

"Mi volas provi pliboniĝi," ŝi respondis ŝerce. "Mi vere ne estas tre pretendema. Nur unu postulon mi starigas antaŭ ĉiuj aliaj, postulo, kiun mi neniam forlasos: tiu, kiun mi elektos, vere devas esti viro, nefleksebla energia viro. Se mi devus edziniĝi kaj ne povus alie elekti, mi edziniĝus pli volonte kun krimulo de la speco de Franco Jameson, ol kun unu el tiuj malgravuloj vestitaj laŭ la plej nova modo, kiuj ĉiam memorigas min pri la pupoj en la montra fenestro de frizisto."

"Pro simileco de la karakteroj", li mediteme respondis, "eble estas klarigeble, ke sinjorino Smith dediĉis sian koron al tiu Jameson. Li imponis al ŝi, kaj eĉ la ekkono de la profundaj malbonaj flankoj de lia karaktero ne povis malhelpi tion."

"Tute prave. Li ne nur imponis al ŝi, li eĉ estris ŝin absolute. Nur kun timo ŝi riskis kontraŭagi liajn ordonojn, ekzemple tiun, informi min pri lia alveno. Mi devis promesi al ŝi, dum lia ĉeesto teni min malproksime de ŝi."

"Sed vi diris, ke vi ĉeestis la forvojaĝon de ambaŭ, ĉu ne?"

"Jes, sed Franco ne vidis min. Dum li prizorgis la pakaĵon, mi la lastan fojon premis la manon de Alico." Profunda ekĝemo eliĝis el ŝia brusto. "Se mi estus antaŭsentinta, kio okazos, mi neniam estus lasinta vojaĝi ŝin sola!"

"Tion vi ne povis antaŭsenti, tion neniu povis," li rediris konsolante. "Sed ni povas kaj volas fari ĉion por pruvi la kulpon de la murdisto kaj punotigi lin, ĉu ne?"

"Tion ni volas!" Trans la tablon ŝi donis al li sian manon. Kaj kun unu el la senperaj transiroj, kiuj preskaŭ nur al virino estas eblaj, ŝi aldonis kun rideto, dum ŝiaj belaj malhelaj okuloj ankoraŭ malsekete brilis pro la memoro pri Alico: "Mi dezirus fari al vi proponon, sed mi ne kuraĝas!"

"Vi povas fari ĝin senskrupule!"

"Ĉu hodiaŭ vespere ni volas viziti kabareton? Antaŭ ne longe mia amikino Gersdorf kun sia edzo estis en kabareto en München, kaj ili bonege amuziĝis. Ankaŭ mi volonte dezirus vidi ion tian, kaj sinjorino sola ne bone povas iri tien. Ĉu vi volas akompani min?"

"Volonte. Sed mi timas, ke vi estos seniluziigata."

"Kial?"

"Mi ne volas motivi mian opinion, por ne antaŭe malhavigi al vi la amuzon, kiun vi eble tamen havos. Kaj kion ni faros ĝis tiam? Ĉu ni eble vizitu la Zoologian Ĝardenon?"

"Brave, tio estas bona ideo! Mi speciale interesiĝas pri la rabobestoj."

"Ĉar ili korpigas la forton!"

"Povas esti."

"Trajto, kiu estas karakteriza por ĉiu vera virino. Do, al la Zoologia Ĝardeno! Ĉu vi bone povas piediri?"

"Vi ne baldaŭ vidos min lacigita."

"Des pli bone! Do ni piediru. Schloß-strato, See-strato, Prager strato, kiujn ni devas pasi, prezentas bildon plenan de vigla vivo, kaj la strato Bürgerwiese en aprobinda maniero montras la klopodon de modernaj grandurboj, en la konstante pligrandiĝanta domdezerto krei ĉarmajn oazojn; ili ne nur estas ornamo de la urbo en estetika senco, sed havas ankaŭ sanitaran valoron."

"Tio estas nova por mi. Kiel vi volas motivi tion?"

"La urboj reprezentas komercon kaj industrion. Ĉirkaŭrigardu ĉi tie! Kion vi vidas? Ĉio rapidas, rapidegas, preterirante premŝoviĝas. De kio la spirito de tiuj homoj estas plenigita? De la penso pri akiro, pri la kiel eble plej rapida, kiel eble plej ampleksa akiro. Akre frapanta kontrasto al tio estas la vivo en la ĝardenaĵoj, inter la arboj kaj arbustoj. Nun vi ja malpli rimarkos tion, ĉar ĉio estas senfolia; la marta suno en nia klimato apenaŭ ellogas la unuajn burĝonojn. Sed nur ankoraŭ malmultajn semajnojn, kaj la ĝardenaĵoj pleniĝos de ludantaj infanoj, kies patrinoj, sidante sur la benkoj, interŝanĝas siajn hejmajn spertojn, dum seriozaj viroj, nekonscie stimulite de la ĉirkaŭaĵo, sentas sin pli proksimaj al la ĉionutranta naturo; ili levas siajn pensojn super la ĉiutagan vivon kaj turnas sin al pli altaj sferoj. Tiamaniere ĉi tiuj oazoj de l' verdo en la ŝtonamasiĝo fariĝas spiritaj oazoj en la ĉiutaga vivo."

"Vi estas poeto!"

"Ne, la poeto kreas, mi nur redonas observitaĵojn." –

La Zoologia Ĝardeno estis malmulte vizitita. Antaŭ la kaĝoj de la pumoj Edito Mac Kennon precipe longe restadis.

"Ĉi tiuj bestoj vin interesas, ĉar Ameriko estas ilia hejmlando, ĉu ne? Kvankam nur la malproksime de la Unuiĝintaj Ŝtatoj kuŝanta Suda Ameriko."

"Ili interesas min pro speciala kaŭzo. Mia amikino Gersdorf kaj ŝia edzo ĉiam nomas ŝerce unu la alian la granda kaj malgranda pumo."

"Ĉu ne montrante naturon de rabobestoj?"

"De tio ili estas tiel malproksimaj kiel nur estas eble. Cetere ili reciproke amas sin kiel eble plej karese, kaj tio ne ŝajnas okazi ĉi tie, alie oni certe ne estus disiginta la virajn de la virinaj pumoj."

"Eble por nove vivigi la amon per la sopiro."

"Danĝera eksperimento. Rigardu ĉi tien - ĉu ne ŝajnas, kvazaŭ la pumino koketus al la leonkaĝo?"

"Estas virino, ne povas lasi la koketadon."

"Fi! Ni pluiru!" –

Forlasinte la Zoologian Ĝardenon ili vespermanĝis en la urbdoma kelo, por studi la Dresden-an vivon, kaj poste iris en kabareton.

La impreso, kiun Edito ricevis de la prezentaĵoj de tiu ĝis nun tute fremda al ŝi artspeco, estis tre duba. La seriozaj, la dramarton tuŝantaj recitaĵoj de juna poeto, kiuj malkaŝis certe ŝatindan, kvankam ne vere eminentan talenton, ne ŝajnis al ŝi konvenaj en tiu ĉirkaŭaĵo, en la klakado de la bierglasoj, en la al- kaj reiro de la kelneroj. Same malmulte plaĉis al ŝi la revivigo de mezepoka romantiko en la kantoj de vaganta fraŭlino prezentataj kun gitarakompano[12], kiuj en sia ne intencita, animtuŝanta simpleco certe havus emociigan efikon en salono. La laŭnombre ankoraŭ multe superantaj prezentaĵoj bonhumoraj ne malofte ellogis de ŝi gajan ridon, sed estis malagrable al ŝi, ke ĉi tiuj prezentantoj plej ofte, provante superi sin mem, recitis versojn, kies poentoj tro klare montris fremdan kaj ne simpatian al ŝi tendencon.

"La kabareto estas franca elpensaĵo", diris von Merten, kiam ŝi faris tiurilatan rimarkigon, "estas necesa la tuta gracio, kiu estas propra al la franca nacio, por ŝajnigi tiajn prezentaĵojn akcepteblaj al delikate sentanta animo. Tio valoras kaj por la versaĵo kaj por la prezentado. La germano, kies emo al precizeco estas tre ŝatinda en aliaj fakoj sed preskaŭ malebligas al li la arton de l' belmaniera transiro trans dubajn rifojn en la konversacio, tro facile fariĝas mallerta ĉe tiaj prezentaĵoj.[13]"

Ŝi konsentis. "Germano vi ŝajne ne estas!" ŝi aldonis.

"Oni povas esti tre bona patrioto sen tio, ke oni trotaksas la superecojn de la propra nacio. Tia trotakso ĉiam efikas altgrade malutile, ĉar ĝi malhelpas ekkoni la proprajn nekorektaĵojn kaj kontraŭbatali ilin. Ĉi tio valoras por tutaj popoloj same kiel por la unuopulo."

"Mi ĝojas, ke malgraŭ via sindono al via profesio vi ankoraŭ interesiĝas pri problemoj de ĝenerala signifo kaj dediĉas vin al ilia pristudo."

"La sola rimedo, por ne fariĝi unuflanka!"

Ĉi tiu interparolo okazis dum la hejmeniro. Ili estis forlasintaj la prezentadon antaŭ la fino, ĉar fraŭlino Edito, kies aĵoj ankoraŭ estis en la sanatorio, ankoraŭ hodiaŭ devis reiri tien. Por tio ŝi uzis la elektran tramon. Li volis akompani ŝin, sed ŝi rifuzis.

"La tramveturilo haltas proksime al la sanatorio", ŝi diris, "la tre mallongan vojon mi povos iri sola. Ne estas necese, ke pro tio vi oferu du horojn. Post la streĉa agado de la lastaj tagoj vi tre bezonas la noktan ripozon."

"Al tiaj streĉadoj mi kutimiĝis, kaj vere mi volonte akompanus vin, por ankoraŭ iom babili kun vi."

"Tio ĝojigas min, sed morgaŭ ni havos ankoraŭ sufiĉe da tempo por interparoli, kaj ankaŭ en la sekvontaj tagoj. Mi ne forlasos vin antaŭ ol nia tasko estos solvita."

"Tiukaze mi preskaŭ dezirus, ke tio daŭrus tre longe!"

"Preskaŭ franca ĝentileco!" ŝi rediris ŝerce kaj malpezpiede saltis en la vagonon, adiaŭe salutante lin per mansigno.

Malrapidpaŝe von Merten reiris de Albert-placo, ĝis kie li estis akompaninta ŝin, tra Haupt-strato al sia hotelo. Li ne povis nei, ke ŝia individua naturo profunde impresis lin. En sia profesia agado li renkontis jam kelk-iun belan kaj interesan virinon, sed neniam ekestis en li la deziro posedi ŝin. Ne pro tio, ke li principe estis malinklina al edzeco. Kontraŭe! Li ja instalis al si tre komfortan fraŭlohejmon, en kiu li sciis aranĝi harmonian staton, kio sukcesas nur al homo naturdotita per delikata sento estetika. Liaj mebloj ne estis laŭ la moderna stilo, sed iliaj simplaj, bongustaj formoj donis kontentigan tutbildon, kaj oni ne bezonis timi uzi ilin. Sur la muroj ne pendis majstropentraĵoj de famaj artistoj, sed bonaj reproduktaĵoj de tiaj en simplaj, ne luksaj kadroj, kiuj ne superas la bildon. Inter ili pendis armiloj, devenantaj el lia militista tempo, ĉasakiraĵoj el la sama epoko kaj kelkaj modestaj, sed bone faritaj statuetoj. Lia hejmo ne estis laŭ certa speco, sed individua.

Al li mem ĝi ja plaĉis tre bone; tamen, kiam li post sufiĉe longa profesia foresto reiris en ĝin, li ofte mallaŭte ekĝemis. Io mankis al li, kaj li tre bone sciis, kio — la animo de la tuto, la zorganta, amon prezentanta edzino!

Sed estis pli facile konstati ĉi tiun mankon, ol malestigi ĝin. Certe, por edziĝo jam prezentiĝis al li sufiĉe da okazoj, ankaŭ pli ol unu "bona partio". Sed ĝuste kontraŭ tia li havis malfacile venkeblan antipation. Kiel juna oficiro dum forpermeso restadante en la bieno de sia nun mortinta patro, li iam hazarde aŭskultis, kiel la maljuna ĉefservisto avertis la pli junajn servistojn: "Viroj, se vi volas edziĝi, ne aspiru al mono. Mia edzino havis ankaŭ iom da ormono kaj kupran kaldronon, sed kiom ofte mi devis aŭskulti tion!" Tiam li ridis pri tio, sed sufiĉe ofte li rememoris la diron de la ĉefservisto, kiam li vidis tie aŭ tie, kiel edzino, enportinta havaĵon en la edzecon, en momentoj de eksciteco riproĉis ĉi tion al la edzo, ne pripensante, kiel profunde ŝi per tio ofendis lian honoramon. Kaj tion faris eĉ sinjorinoj, al kiuj li emis aljuĝi delikatan taktsenton, kiu absolute malebligas tian riproĉon.

Ja, kiu entute povus scii, kiel edzino evoluos en la edzeco! Eĉ la plej granda psikologo ne estas kapabla ĉi-tiurilate fari certan antaŭdiron. La virino, en la granda plimulto de sia sekso, efektive ne estas prijuĝatebla!

Kun ĉi tiu ne plu tute nova finkonkludo li enlitigis sin, kaj kelkajn minutojn poste lia profunda, trankvila spirado anoncis, ke li estis ekdorminta.

KVARA ĈAPITRO

Ĉirkaŭ tagmezo de l' sekvanta tago, post kiam von Merten, atendante Editon, estis farinta tualeton iom pli zorgeme ol li ĝenerale kutimis, alvenis la telegramo el Chicago, postsendita al li de la ĉefpolicejo en Berlin. Ĝi tekstis: "Pinkerton komisiita. Lastjaraj elspezoj de Alico 6000 mem, 4000 Jameson , 7500 vivasekuro New York[14]."

Dum li meditis pri tio, Edito venis. Post rapida saluto li donis al ŝi la telegramon.

"Pri tiu vivasekuro Alico neniam parolis al mi," ŝi diris mirigite.

"Tion mi supozis", li respondis. "Tre verŝajne ĝi estas efektivigita profite de Jameson."

"El kio vi konkludas tion?"

"Alico Smith ne havis, kiel vi diris al mi, proksimajn parencojn. Vivasekuro, por kiu sinjorino en tia aĝo pagas tiel altan premion, devas esti pri eksterordinare alta sumo. Al kiu ŝi estu utiliginta ĝin, se ne al tiu, kiun ŝi amis?"

"Certe!"

"Krom tio vi ĵus diris al mi, ke kontraŭe al vi[15] ŝi tute silentis pri tiu vivasekuro. Kio povus esti instiginta ŝin al tio, se ne la deziro de Jameson? Kaj kian intereson li povus havi pri tio, postuli de ŝi tiun silentadon, se la poliso ne estus skribita por lia profito?"

"Ankaŭ tio estas ĝusta."

"La polisoj de la plej multaj amerikaj vivasekuroj post unu jaro ne plu estas nuligeblaj; supozeble tio estas ankaŭ pri la New York-a."

"Tiukaze Franco kompreneble havis grandan intereson pri ŝia morto. Tio ĵetas helan lumon sur la aferon."

"Kontraŭe, tio ŝajnigas ĝin ankoraŭ pli mistera. Nome la asekursocieto kompreneble elpagos la asekursumon ne pli frue, ol la morto de la asekurita persono sendube estos konstatita. Sed Jameson, tiel malfaciligante la identigon de la kadavro, ja, laŭ sia opinio eĉ malebligante ĝin, ĝuste malhelpis la elpagon de la asekursumo, kiu devus esti treege valora por li, se li estas tia, kia vi priskribis lin."

"Li estas tia, pri tio vi povas fidi!"

"Mi tute ne dubas pri tio. Sed vi ne kontestos, ke, unuarigarde, lia faro pli vere ŝajnas kiel tiu de frenezulo ol tiu de malvarmsange pripensanta viro. Ĉi tia viro la murdisto certe estis, pri tio dubo ne povas ekzisti laŭ la zorgema preparo, kiun li faris, por eviti la malkaŝon. Se tiuj preparaj ne estus, mi emus opinii, ke li faris la murdon, kiu ŝajne tiel multe kontraŭas lian intereson, en eksciteco. Sed tio tute ne estas konsiderebla."

"Sed kia motivo nun restas? Kion vi opinias?"

"Ke post ĉi tiu afero kaŝiĝas io, kion ni nuntempe ankoraŭ ne povas diveni."

"Ĉu vi kredas, ke ni trovos tion?"

"Mi esperas!"

"Kiamaniere?"

"Per observado al Jameson."

"Espereble ni trovos lin!"

"Li tute ne scias, almenaŭ ne ĝis la nuna momento, ke li estas suspektata. Do ne ekzistas iu kaŭzo por li kaŝi sin, post kiam li opinias forigita ĉiun postsignon de identeco inter li kaj la krimulo. Mi esperas, ke Pinkerton baldaŭ esploros, kien Jameson igas postsendi al si leterojn el la hejmlando. Se ni tion scios, ni rapide povos efektivigi observadon."

"Kaj kion ni faros, ĝis kiam ni havos sciigojn el Chicago?"

"Ĝis tiam ni devas certiĝi pri tio, ke miaj supozoj rilate al la vivasekuro estas ĝustaj. La Newyork-a societo certe ankaŭ ĉi tie havas reprezentanton. Sed tio malmulte utilus al ni. Ĉi tiu reprezentanto tre verŝajne ne estas informita pri la asekuroj efektivigitaj en Ameriko. Ni devas turni nin al la ĉefdirekcio en Newyork."

"Ĉu telegrafe?"

"Certe, kun pagita respondo."

Merten redaktis telegramon, en kiu li petis informon, por kies profito estas destinita asekuro pri Alico Smith el Chicago, ĉu la asekursumo jam estas postulita, kiom alta ĝi estas kaj de kiam la asekuro validas.

"Mi prefere direktos la telegramon al la germana konsulejo", li diris, finskribinte la tekston. "Ĝi pli certe ricevos informon ol mi, kvankam la societo ja ne havas kaŭzon rifuzi la informon. Eble oni ankoraŭ povus aldoni, ke estus rekomendinde, provizore ankoraŭ ne elpagi la asekursumon kaj tuj informi min, kiam ĝi estos postulata."

Li faris tion kaj forsendis la telegramon al la germana konsulejo, petante la respondon rekte al Dresden.

Poste ili kune tagmanĝis. Sed Merten ne povis liberigi siajn pensojn de la nova aferstato.

"Turmentas vin, ke vi ankoraŭ ne scias, kian interrilaton la murdo eble povas havi kun la vivasekuro", Edito subite diris.

"Vi estas prava, fraŭlino!" li rediris mediteme. "Montriĝas kontrasto, kiun mi ankoraŭ ne povas klarigi. La motivo de l' murdo sendube estas la havigo de la asekursumo. La forigo de ĉiu postsigno klariĝas el la natura celado de l' krimuloj, resti nekonata. Sed kiel ambaŭ faktoj estas akordigeblaj, ĉar por la elpago de la asekursumo la pruvo de l' morto, do la identigo de la kadavro, estas necesa? Al ĉi tiu demando mi ne trovas respondon!"

"Vi ja mem diris, ke la respondo povas rezulti nur el observado al Jameson!"

"Certe! Sed mi volonte dezirus trovi la respondon per nura logika pensado, por poste vidi konfirmita mian hipotezon. Ĝuste en tio, fraŭlino, sidas la spirita incito de mia profesio, ke ĝi donas al mi tro da okazoj, por malfacile solveblaj problemoj elprovi sagacon kaj logikan pensadon. Estas kvazaŭ ŝakludo inter krimulo kaj kriminalisto."

"Sed en kiu ne regas la egaleco de la ŝakludo. La kriminalisto disponas pri pli fortaj potencrimedoj."

"Tio estas ĝusta koncerne batalon inter esplorjuĝisto aŭ prokuroro unuflanke kaj krimulo troviĝanta en esploraresto aliflanke[16]. Sed, kiom longe la krimulo ankoraŭ estas libera, tiom longe li en kelka rilato havas gravajn avantaĝojn. Li povas elekti siajn vojojn; la kriminalisto unue devas esplori ĉi tiujn, antaŭ ol li povas sekvi la krimulon. Ĉi tion vi vidas klare en la nuna okazo. En la nuna momento mi estas tute senagigita; mi ne povas fari ion alian ol atendi, ĝis kiam ni scios, kie Jameson nuntempe troviĝas."

"Ĉu eble estus rekomendinde serĉi lin en Berlin?"

"Ne! Unue li plej verŝajne tute ne restis tie, sed nur traveturis, se li ne preferis jam survoje elvagoniĝi. Eble li veturis al la Berlin-a stacidomo en Leipzig nur por erarigi nin, kaj de ĝi veturis al alia stacidomo. Sed, se li efektive veturis al Berlin, li tie en la hotelo sendube anoncis sin sub alia nomo kaj nun jam de longe ne plu estas tie. Ĝis nun la ekirita de ni vojo, per Pinkerton esplorigi la adreson, al kiu Jameson igas sendi al si siajn leterojn, prezentas la plej grandan ŝancon de sukceso."

"Kaj kion fari, se ĉi tiu espero ne plenumiĝos?"

"Tiukaze ni devas atendi, ĝis kiam li postulos la asekursumon de la Newyork-a societo. Tiam ni devos provi returne laŭiri la iritan de li vojon."

"Penplena tasko, kies solvo ŝajnas al mi ankoraŭ tre malcerta."

"Sendube! Sed estus la sola rimedo, kiu tiam ankoraŭ restus al ni."

"Kiam, laŭ via opinio, Pinkerton estos atinginta rezulton?"

"Tio estas tute ne autaŭdirebla, dependas de la malfacilaĵoj, kiuj kontraŭstariĝos al la oficisto komisiita pri la esploro. Sed, ĉar Pinkerton disponas pri bonega personaro, estas espereble, ke ni baldaŭ ricevos la deziratan informon. Se vi cetere ankoraŭ deziras persone partopreni la pluan ĉasadon –"

"Kompreneble!"

"Mi rekomendus al vi, venigi viajn vojaĝaĵojn ĉi tien. Eventuale ni devos senprokraste forvojaĝi."

"Do mi veturos al Weißer Hirsch, pakos miajn kofrojn kaj adiaŭos de mia amikino. Ĉirkaŭ vespero mi ree estos ĉie ti."

"Sed povos fariĝi tre lacegiga vojaĝo!"

"Ne gravas![17] Mi ne estas tiel malforta, kiel vi ŝajnas supozi. Ĝis la revido!" –

Kiam Kruse sin anoncis, von Merten nur povis ripeti al li la jam donitan ordonon, post certaj intertempoj ree veni por demandi.

Dum la posttagmezo alvenis la telegramo de la germana konsulejo. Ĝi plene konfirmis la supozojn de l' kriminalkomisaro. La asekuro estis farita profite de Jameson antaŭ iom pli ol unu jaro, kaj ĝi estis ne nuligebla. La asekursumo ankoraŭ ne estis postulita.

Merten ree streĉis sian cerbon por trovi solvon de la problemo okupanta lin de post la ricevo de l' telegramo.

Pro kio la murdo, se ne por atingi la asekursumon? Pro kio la forigo de la pruvoj pri identeco, kiuj estas necesaj por la elpago de la sumo al la postulonto?

Apogante la frunton sur la blanka, sed forta mano, la kriminal-komisaro en profunda meditado sidis en la angulo de l' sofo antaŭ la tablo de sia ĉambro en hotelo Kronprinco. Jam la trian fojon li estis pleniginta kaj ekbruliginta la duonlongan pipon, kiun li ĉiam kutimis kunpreni dum vojaĝoj kaj kiun li ŝerce nomis sia plej fidela amatino, ĉar ĝi ardis nur por li. Li ne povis respondi al si la demandon, kiu senĉese staris antaŭ li. Plej verŝajna — aŭ pli ĝuste dirate— plej malmulte ne verŝajna estis la supozo, ke Jameson, post la murdo kaptita de timo, preferis rezigni la frukton de sia krimo, ol elmeti sin al la danĝero de l' malkovro. Eble li konsideris la fakton, ke la kriminalisto, serĉante la farinton de krimo, ĉiam unue starigas al si la demandon: Por kies profito ĝi okazis? Sed ankaŭ ĉi tiun supozon Merten malakceptis, ĝi neniel akordiĝis kun la priskribo, kiun Edito Mac Kennon estis doninta al li pri Jameson, ke ĉi tiu estis homo decidegema kaj nenion timanta. Tion la ĝis nun konstatitaj faktoj plenamplekse konfirmis.

Estas malnova sperto, ke, se oni tro intense kaj tro longe profundiĝas en tian problemon, la pli kaj pli elstariĝantaj detaloj malaperigas la superrigardon pri la tuto; kaj ĉi tio ekestigas la danĝeron, ke oni venas al tro komplikitaj solvoj, ne atentante la pli simplajn.

Merten, jam de longe kutimiĝinta al severa memkontrolo — unu el la plej gravaj ecoj de vere kapabla kriminal-oficisto — rimarkis, ke tiu danĝero ekmontriĝis. Pro tio li levis sin por fari promenadon en la freŝa aero.

Meĥanike li ekiris la vojon supren laŭlonge de l' dekstra bordo de Elbe. Li laŭiris ĝin ĝis Loschwitz, poste supreniris la Schiller-straton de ĉi tiu antaŭurbo, ĝis kiam li supre de Weißer Hirsch venis sur la ŝoseon, kiu ligas[18] ĉi tiun lokon kun Bühlau.

Li devis rideti, kiam li rimarkis, ke ĉi-tiumaniere li venis en la proksimecon de la loĝejo de Edito. Sed tuj poste li reserioziĝis. Li ekpensis, ke li devas gardi sin kontraŭ tio, ke la ĉarmo de ŝia personeco, de ŝia vigla, ne afektita karaktero ne akiru tro grandan potencon super li.

"Mi tro maljuna estas, por nur ludi,
tro juna, por ne esti sen deziro!"

li recitis el "Faust".

La komuna celo estis la sola ligo inter li kaj ŝi, kaj kiam ĉi tiu celo estos atingita, iliaj vojoj ree disiĝos, devos disiĝi; kaj nur la memoro restos.

Ŝi serĉas edzon, ŝi diris kun malkaŝemo, kiu unuamomente iom strange tuŝis lin. Edzon! Esti tia, li ja sentis sin en la plena signifo de l' vorto, kaj tion kun praveco. Sed ĝuste pro tio li ne povis pensi pri pli intima ligo inter ŝi kaj si. Ŝi evidente estis riĉa, eĉ tre riĉa, alie ŝi ne estus montrinta sin tiel indiferenta rilate al la kostoj de esploro farota de Pinkerton. Sed edziĝi kun riĉa sinjorino estas por viro kun nobla pensmaniero pli granda risko ol doni la manon al malriĉa fraŭlino. Nur en la plej maloftaj okazoj riĉa edzino ne faras la provon, pro sia riĉeco pretendi superecon, kiun vera viro ne povas toleri. La sekvoj de tiaj provoj nur tro ofte estas profundaj, la edzecan feliĉon kaj la amon detruantaj malkonsentoj.

Li ja havis ne makulitan nomon kaj devenis el ŝatata familio kun bona reputacio, kio certe pli valoras ol ŝiaj dolaroj. Sed jam la penso pri tia negocsimila komparo kontraŭis lian noblan karakteron, kiu ne ŝatis degradigi la edzecon al objekto de spekulacio.

Pli bone estus, se li nun subigus la ekĝermantan simpation, antaŭ ol tio fariĝus tro malfacila al li. En estonteco li rigardus ŝin nur kiel interesan studobjekton, tio estus la plej bona. –

Laŭ tio li salutis ŝin, kiam ŝi vespere alvenis en lia hotelo, kun malvarmeta afableco. Sed ŝi estis tre ekscitita.

"Alico vivas!" estis ŝiaj unuaj vortoj, post kiam ili estis retirintaj sin en senbruan angulon de la granda restoracio de l' hotelo.

"Ne eble!"

"Estas tiel! Kiam mi, veninte de la sanatorio, aŭdis, ke vi estas foririnta, mi iris al la ĉefpoŝtejo por demandi pri poŝte restantaj leteroj por mi. Kaj interalie mi ricevis ĉi tiun poŝtkarton!"

Ŝi donis al li francan universal-poŝtkarton. Li rapideme ekkaptis ĝin kaj unue atenteme ekzamenis la skribon.

"Ĉu vi estas konvinkita pri tio, ke la manskribo estas tiu de via amikino?" li poste demandis.

"Certe ĝi estas tiu!"

"Ĉu ankaŭ ĉi tiu letero estas skribita de via amikino?"

El sia leterujo li elprenis la leteron ricevitan de la eldonisto en Leipzig.

"Kompreneble! Ĉi tiun leteron ŝi skribis eĉ en mia ĉeesto!"

"Do la karto estas falsita!" li trankvile rediris.

"Sed estas la sama manskribo!"

"Tute ne. La imitado eĉ ne estas tre lerte farita. Vidu, ekzemple ĉi tie, ĉe la vorto 'and' antaŭ 'I am', la horizontala finstreko de la litero d estas poste aldonita, precipe dika, dum maldika streketo iras supren. Per tia maldika streketo la falsisto kutime skribis la literon d. Nur ĉe la subskribo 'Alico' li estis pli zorgema; ĉi tie grizeta ombro montras, ke la subskribo unue estas desegnita per krajonaj strekoj, poste forigitaj per gumo."

"Vi estas prava! Sed pro kio la karto?"

"Tion ni volas vidi el la enhavo. La dato akordiĝas kun la poŝta stampo. Vitrouge — laŭ mia memoro mi jam iam aŭdis ĉi tiun nomon. Se mi ne eraras, Vitrouge kuŝas en la suda Francujo, en Provence aŭ proksime de tie. Ĉiukaze ĝi estas tre malgranda vilaĝeto. La pli grandajn francajn lokojn mi konas. Nu, tion ni poste konstatos el geografia leksikono. La dato de la forsendo estas la antaŭhieraŭa. Laŭ la poŝta stampo la karto alvenis ĉi tie hodiaŭ posttagmeze. La malproksimeco de la loko de l' forsendo do estas sufiĉe granda. Tio estus konforma al mia opinio, ke Vitrouge kuŝas en la suda Francujo. Ĉu sinjoro Jameson scipovas la francan lingvon?"

"Tiom, ke li almenaŭ povas komprenigi sin per ĝi. Li vizitis la Remington-lernejon en Chicago, kie ankaŭ la franca lingvo estas instruata."

"En la vilaĝeto Vitrouge apenaŭ ekzistas iu, kiu scipovas la anglan lingvon. Do, se sinjorino Smith efektive estis tie, tio facile estos konstatebla."

"Ĉu vi opinias, ke Jameson skribis la poŝtkarton?"

"Certe. Li estas tro ruza, por instigi iun, skribi poŝtkarton kun aliigata manskribo. Tion li laŭeble devas eviti, por ne estigi suspekton."

"Sed tiukaze li mem estis en Vitrouge, ĉu ne?"

"Tio estas ebla, sed ne nepre necesa. Povas esti, ke li sendis la poŝtkarton al iu persono, kiun li konas, petante, ekspedi ĝin. Aŭ li sendis ĝin por la sama celo senpere al la poŝtejo en Vitrouge. Ne ekzistas kaŭzo, ke la poŝtejo ne plenumu lian peton. Sed ankaŭ povas esti, ke li mem efektive tie estis kaj eble ankoraŭ estas."

"Por kia celo?"

"Por konstati, ĉu oni persekutas lin. En tia malgranda vilaĝeto ĉiu fremdulo estas speciale atentata, kaj observado estas malfacile efektivigebla sen tio, ke la koncernato rimarkas ĝin."

"Sed per kio li scias, ke mi leterojn deziris postsenditaj ĉi tien?"

"Ĉu vi eble parolis pri tio al via amikino?"

"Jes!"

"Nu do! Ŝi certe rakontis tion al li. Ĉu li vidis vin en Teplitz? Ĉu li sciis, ke vi estis tie?"

"Estus eble. Alico ne skribis al li ion pri mia ĉeesto en Teplitz. Ŝi sciis, ke li ne ŝatis ŝian interrilaton kun mi, ĉar li konis mian antipation kontraŭ li kaj timis, ke mia amikino povus lasi sin influi de mi. En Teplitz ŝi tre verŝajne ne parolis al li pri mia ĉeesto. Sed mi staris sur la perono, kiam ili forveturis. Antaŭ ol li eniris la vagonon, li per longa rigardo esploris la tutan peronon. Mi ja staris en angulo, preskaŭ tute kaŝite per pakaĵa ĉaro, kaj havis ankaŭ, se mi ne eraras, mian vualon antaŭ la vizaĝo. Tamen estas eble, ke li ekkonis min."

"Verŝajne estis tiel, kaj ke poste li demandis Alicon pri vi, estas tre kompreneble. Ni nun legu, kion li skribas: 'Kara Edito!' — Ĉu via amikino kutimis uzi ĉi tiun titolon en leteroj al vi?"

"Plej ofte ŝi skribis: 'Kara Edinjo!' Ĉi tiu karesa nomo devenas el mia infaneco, kiun mi travivis kune kun Alico. Mi ne memoras, ke ŝi nomis min alie, escepte, se ŝi koleris pri mi, kiam ni estis havintaj malgrandan disputon."

"Tiajn subtilaĵojn Jameson kompreneble ne povis scii. Ni legu plue: 'Mi uzas la okazon de mia haltado ĉi tie, por sendi al vi korajn salutojn. Bedaŭrinde mi ne bone fartas; mi forte malvarmumis, tusas kaj havas fortajn brustodolorojn. Mi iros al Riviero. Domaĝe, ke vi reiros Chicago-n. Mi renkontis malnovan konaton[19] de mia patro; li zorgas pri mi, ĉar Franco pro negocaj aferoj devis vojaĝi al Wien. Skribu al mi poŝte restante al Nice. Kun kora saluto via Alico.'"

Merten klinis la kapon, kiam li estis finleginta la karton, kaj profunde ekmeditis. Post kelka tempo li levis la kapon kaj diris: "Mi kredas, ke mi scias, kion li intencas."

"Nu?"

"Mi deziras paroli pri tio nur tiam, kiam mi estos precize konsiderinta ĉion, kio parolas por kaj kontraŭ mia hipotezo. Sed nun tre grava demando: Ĉu via amikino iam estis pulmomalsana?"

"Ne, neniam!"

"Tion mi supozis. Ĉu li estis en Vitrouge aŭ nun-momente eble ankoraŭ tie restadas, tio provizore povas resti nekonsiderata. Ĉiukaze ni ne faros al li la komplezon iri tien."

"Kion li krom tio povus celi per ĉi tiu poŝtkarto?"

"Ho, tiaj celoj ekzistas diversaj. Ni devas okupi nin pri tre forta kontraŭulo, tio certiĝas pli kaj pli. Unue li volis ekestigi ĉe vi la certecon pri tio, ke Alico ankoraŭ vivas."

"Kio sen via interveno certe estus sukcesinta al li. Mi neniam estus pridubinta la malfalsecon de la poŝtkarto."

"Mi pli malfrue montros al vi, kiel gravaj por la spertulo estas la diferencoj inter la originala manskribo kaj la falsaĵo. Jameson do intencas iri al Riviero."

"Ĉu vi kredas?"

"Mi estas konvinkita pri tio, ĝi estas motivata per la subita malvarmumo, la brustodoloroj."

"Sed li ja ne havas tiajn!"

"Ankaŭ la kompatinda Alico ne, kiu nun certe jam ripozas en la tombo. Sed tie en Riviero alia sinjorino mortu por Alico. Ĉu vi komprenas tion?"

"Ĉu dua murdo?"

"Ne, tia ne estas necesa. Ekzistas sufiĉe da pulmomalsanulinoj, kiuj en Riviero esperas trovi saniĝon aŭ almenaŭ malfortiĝon de sia suferado. Tamen mi estas scivolega, kiamaniere li tie volas aranĝi la aferon. Ĉi tio certe ne estas facila. Plue: Ĉu vi diris al Alico, ke vi intencas reiri al Chicago?"

"Povas esti, ke mi parolis pri tio, ĉar mi nun de duona jaro estas en Eŭropo kaj ne malemas, iom ĉirkaŭrigardi en mia hejmo. Certan intencon mi neniel elparolis; mi ne povis ĉi tion, ĉar mi ne havis ĝin."

"Certe sinjorino Smith ankaŭ pri tio parolis al Jameson, kaj li nun provas ekscii, kion vi faros."

"Kaj kion mi faru?"

"Ni veturos al Riviero kaj kompreneble komunikos al li, ke vi intencas reiri al Chicago."

"Sed kion fari, se li vidos min en Riviero?"

"Ni zorgos pri tio, ke ĝi ne okazos."

"Kiam ni vojaĝos?"

"Tuj kiam ni estos ricevintaj informojn de Pinkerton. Eble ni ne veturos rekte al Riviero, sed unue al Wien."

"Vi konsideras ĝin vera, ke li iris tien?"

"Mi ne nepre kredas tion, kvankam ĝi ne estas tute malebla. Sen ia intenco li certe ankaŭ ĉi tion ne skribis. Sed kion li celas? Eble nur tion, por kelka tempo liberigi sin de mia persekuto? Tio ne estas verŝajna, des malpli, ke li ne scias ion pri la kunagado inter vi kaj mi, kaj certe li ankaŭ ne konjektas ion tian. Ĉu li volas irigi vin sur malĝustan vojon? Ankaŭ tio ne estas verŝajna. Same malmulte li scietas, ke ni estas informitaj pri la morto de Alico, alie li ne estus skribinta al vi en ŝia nomo. Do pro kio? Ĉar en Wien li por ĉiuj okazoj volas havigi al si alibion. Li skribas, ke pro negocaj aferoj li devis veturi al Wien. Ĉu li havas komercan entreprenon? Ĝis nun vi ne diris al mi ion pri tio."

"Li estas asociita en import-manufakturejo, ankoraŭ el la tempo de lia patro. La maljuna Jameson, bone konante la facilanimecon de sia filo, certigis al li ĉi tiun negocpartoprenon tiamaniere, ke Franco ricevas nur la enspezojn el ĝi, sed ne povas vendi aŭ prunte fordoni sian negocparton."

"Saĝa antaŭzorgo! Kaj ĉu por tiu entrepreno li kelkafoje faras vojaĝojn?"

"Li almenaŭ uzas ĉi tiun negocan celon kiel pretekston por amuzvojaĝoj al Eŭropo."

"Ĉiukaze ni devos iom precize rigardi tiun sinjoron Jameson en Wien. Eble sufiĉos provizore, se ni sendos tien mian suboficiston Kruse."

"Ĉu tiu tasko ne postulas altan gradon da inteligenteco?"

"Por la provizoraj konstatoj ne. Ĉi tiuj verŝajne estos rapide plenumeblaj, eble jam per telegramo al la polica direkcio en Wien. Jes, tio sufiĉos unue, ĉar, se mia konjekto, ke tie li volas havigi al si alibion, estas ĝusta, li devas esti anoncinta sin tie kiel Franco Jameson. Mi tuj volas redakti tian telegramon kaj sendi ĝin al Wien."

Merten faris tion. "Ĉu vi estas preta, post ricevo de la respondo de Pinkerton tuj forvojaĝi per la plej proksima vagonaro?" li poste demandis.

"Ĉiumomente mi estas preta."

"Des pli bone. Tiun amikon de la patro de sinjorino Smith ni devas trovi."

"Ĉu vi vere kredas, ke tiu ekzistas?"

"Certe, ĉar Jameson mem estas la amiko. Ĝuste pro tio estas valore, ke vi akompanos min. Vi esploru lin."

"Ĉu nur pro tio?"

Ŝi iomete ruĝiĝis, elparolinte la ne pripensitajn vortojn, kaj rapide aldiris: "Mi pensis, ke por vi estus enuige, ĉiam vojaĝi tute sola. Aŭ ĉu vi ankaŭ bone konversacias kun via Kruse?"

"Vi havas tro bonan guston, estimata fraŭlino," li diris trankvile, "por voli elvoki flataĵon. Tial vi ne perceptos kiel tian, se mi diras al vi, ke mi nenion deziras pli forte, ol ĉiam havi tian akompanantinon sur miaj vojaĝoj, tute ne konsiderante la kroman utilon, kiun mi akiras el la interparolo kun vi pri la krimo."

"Tio tamen sonas kiel flataĵo. Mi konfesas, ke la kunagado de Pinkerton, kiun via etato eble ne estus permesinta, ke plue la konstato de la falsita poŝtkarto, estas utilaj[20] por vi, kaj eble ankaŭ tio, kion mi povis sciigi al vi pri Alico kaj Jameson. Sed per tio la utilo, kiun mi alportas al vi, certe estas plene elĉerpita; el la konversacio pri la krimo nur mi lernas, eĉ tre multe kaj ion treege interesan, sed ne vi!"

"Pardonu! La elparolado de miaj ideoj esence servas por precizigi ilin."

"Tion vi ankaŭ povas, farante monologojn."

"Ho ne, tio estas io esence alia."

La eniro de Kruse, kiu venis por demandi, ĉu por li estas io farota, interrompis la dialogon.

"Ne, la dua telegramo el Chicago ankoraŭ ne alvenis", von Merten respondis al lia demando.

"Cetere, Kruse, ĉu vi scipovas iun fremdan lingvon?"

"En la lernejo mi lernis iom la francan, sed dum mia soldateco mi forgesis ĝin. Kiam mi poste fariĝis kriminal-policano, mi denove prenis francajn lecionojn."

"Ĉu vi opinias, ke viaj scioj sufiĉos por restado en Franclando?"

"Ĉion, kion mi bezonus, mi tre verŝajne ne scius, sinjoro kriminal-komisaro; sed mi tamen klopodus plenumi mian taskon."

"Mi deziras komisii vin pri observado en Nice."

"Tion mi povos fari, sinjoro kriminal-komisaro."

"La afero estas konstati, kiu en la ĉefpoŝtejo de Nice demandas pri poŝte restantaj leteroj por sinjorino Alico Smith. Mi havas kaŭzon por konjekti, ke tiu sinjoro Franco Jameson, kiun ni serĉas, faros tion, eble nur tiamaniere, ke ĉe la giĉeto por restantaj poŝtaĵoj li montras karton, sur kiu staras la nomo de sinjorino Smith. Ĉi-tiukaze la observado komprenеble estos pli malfacila."

"Ho, tiajn aferojn mi jam faris, sinjoro kriminal-komisaro!"

"Mi scias, kaj vi procedis kontentige. Sed en fremda lando tio tamen ne estas tiel facila kiel ĉe ni. Vi agos plej bone, tuj post via alveno en Nice anoncante vin ĉe la polico kaj transdonante al ĝi leteron, kiun mi donos al vi. Oni tiam helpos vin. Plej bone estus, se la tiea polico instigus la deĵorantan poŝtoficiston, fari al vi, restanta inter la publiko en la vestiblo, signon en la momento, kiam pri leteroj por sinjorino Alico Smith estas demandate. La personon, kiu faros ĉi tion, sekvu ne rimarkate kaj konstatu, al kiu la demandinto poste transdonos la leterojn. La rezulton tuj telegrafu al Berlin, sed sekvu la koncernan personon tiel longe, kiel vi povos fari tion ne rimarkite, ankaŭ se la persono forvojaĝos el Nice. Ĉi-tiukaze ĉiam telegrafe komuniku la lokon de via ĉiufoja restado al Berlin. La aspekton de tiu sinjoro Jameson mi jam kiel eble plej bone priskribis al vi, ĉu ne?"

"Jes, sinjoro kriminal-komisaro. Kiam mi forvojaĝu?"

"Per la plej proksima vagonaro, kiun vi povas trovi en la horarlibro ĉi tie en la hotelo. Vi veturos tra Köln, Paris, Lyon, kompreneble sen haltado. Jen estas kvincent Markoj; ili sufiĉos, ĝis kiam ni ree renkontos unu la alian."

"Certe, sinjoro kriminal-komisaro! Adiaŭ!"

"Adiaŭ, Kruse! Plenumu vian aferon bone!"

"Mi ĉiel klopodos pri tio, sinjoro kriminal-komisaro!"

Militiste salutante Kruse foriris.

"Ni esperu, ke Jameson ne fariĝos suspektema!" Edito poste diris dubeme.

"Kruse prefere forlasos la postiron, ol lasi kapti sin; mi konas lin. Li estas kvazaŭ bonega ĉashundo. Pli altan gradon de perfekteco li neniam atingos, ĉar mankas al li la talento por kombinado."

"Kiu ĉe vi speciale disvolviĝis!"

"Mi klopodis perfektigi ĝin, ĉar mi konsideras ĝin unu el la plej gravaj ecoj de kriminal-komisaro. Ĝi bezonas ankaŭ konstantan kontrolon."

"Pro kio?"

"Oni neniam rajtas obstini pri unu kombinaĵo, eĉ se ĝi ŝajnas esti ne dubinda; sed oni ĉiam devas konsideri ankaŭ la eblecon, ke ĝi povas esti malĝusta."

"Sub via instruado certe ankaŭ mi fariĝus bona kriminalistino."

"Domaĝe, ke vi ne bezonas tion!"

"Ne miskomprenu min; nur amatore mi deziras foje okupi min pri tio. Mastrumkapabla edzino, laŭ germana kompreno, mi neniam deziras fariĝi."

"Ĉu mi rajtas demandi, estimata fraŭlino, kiel vi prezentas al vi mastrumkapablan edzinon laŭ germana speco?"

Ŝi rigardis lin mirigite. "Nu, estas edzino, kies tuta zorgo estas dediĉita al la dommastrumado, al la purigado de la loĝejo, al la kuirado kaj bakado, al la edukado de la infanoj kaj al ĉio cetera, kio apartenas al la familia vivo."

"Do virino tute ne havanta spiritajn interesojn, ĉu ne?"

"Por tiaj ja ne restas tempo al ŝi!"

"Ĉu en tiuj klasoj de la societo, kiuj solaj estas konsiderindaj por vi, vi jam konatiĝis kun tia virino?"

"Ne, ankoraŭ ne. Sed la germana edzino ĉiam estas priskribata tiel."

"De kiu? De homoj, kiuj same malmulte kiel vi konas ŝin, tre estimata fraŭlino. Mia profesio ofte kondukas min al la eksterlando kaj permesas al mi ankaŭ profundajn enrigardojn en la familian vivon. Tial mi rajtas permesi al mi ankaŭ juĝon laŭ tiu direkto, juĝon, kiu sen ia partieco estiĝis sur la bazo de trankvile komparanta ekzamenado. Ĉi tiu juĝo estas tia, ke la germana edzino tiel, kiel ni devas konsideri ŝin tipo, okupas la unuan lokon inter la edzinoj de ĉiuj kulturnacioj: ĝuste pro siaj hejmaj virtoj, krom kiuj restas ankoraŭ vasta spaco por kontentigo de spirita evoluo![21]"

"Antaŭe mi suspektis vin pri flataĵo — mi pentoplene nuligas ĉi tiun suspekton; vi efektive ne estas flatemulo!"

"Kaj mi neniam deziras fariĝi tia; ankaŭ ne tiukaze, se per la malkaŝa konfeso de mia opinio mi elvokas vian malkontenton."

"Kun sama malkaŝemo mi volas konfesi al vi, ke mi estus ĝojinta, se ankaŭ la bonaj ecoj de aliaj nacioj estus trovintaj konvenan indigon ĉe vi."

"Ekzemple de la amerika, ĉu ne? Kiu diras al vi, ke ĉi tio ne okazas? Mi plene rekonas ankaŭ la bonajn ecojn de viaj samlandaninoj, la aplombon, kun kiu ili movas sin en la societo, ilian senton pri la praktikaĵo kaj antaŭ ĉio ilian talenton por malpedanta agado. Sed ĉi tiujn bonajn ecojn de la amerikaj sinjorinoj kontraŭstaras ankaŭ malpli bona, kiu laŭ mia opinio — kiu kompreneble ne estu kompetenta por iu alia — tute nuligas la bonajn ecojn."

"Kia ĝi estas?"

"La inerteco, kun kiu la amerikaninoj tutajn kaj duonajn tagojn povas kuŝi en balancoseĝo, okupiĝante pri legaĵoj kaj frandaĵoj, dum ilia edzo aŭ patro seninterrompe laboras kaj penadas, por havigi al ili ĉiun eblan komforton, ĉiun kontentigon de iliaj deziroj. Mi volonte konfesas, ke ĉefe la edzoj estas kulpaj pri tiu senlima dorlotado kaj senenergiiĝo, sed ne estas pravigeble, se iliaj kunulinoj preferas tian vivon, anstataŭ zorgeme agadi por la familio. Sed tio ne malhelpas, ke edzinon, kiu dediĉas sin al la lasta, mi ŝatas pli alte, eĉ se efektive ŝiaj spiritaj interesoj okaze estas malutilataj per tio. Sed inteligenta edzo cetere baldaŭ rimarkus ĉi tiun malutilon kaj forigus ĝin."

"Ke tia viro povus fariĝi feliĉa kun amerikanino, vi laŭ tio konsideras ne eble, ĉu ne?"

"Tamen ne!" Li rigardis ŝin serioze en la plene direktatajn al li malhelajn okulojn. Poste li ridetis. "En la Biblio estas skribite: Estas pli da ĝojo pri pekulo pentanta, ol pri naŭdeknaŭ justuloj! Se tia amerikanino povus decidiĝi, pro amo al sia edzo proprigi al si la ageman vivon de germana edzino — kio ja certe necesigus ne malmulte da energio kaj certan memdisreviĝon —, ĝuste tio, kion mi nomis ŝia malpedanta talento, povus esti la plej bona garantio por la estonta feliĉo edzeca. — Sed fariĝis malfrue, fraŭlino Mac Kennon, kaj ni havas antaŭ ni longan vojaĝon. Pro tio mi ne pli longe volas lacigi vin per tiaj akademiaj diskutoj."

"Ĉu akademiaj diskutoj? Ĉu estas tiaj, kiuj ne estas valoraj por la praktika vivo?" Akra, preskaŭ malamika rigardo el ŝiaj okuloj trafis lin.

"Tiel estas", li rediris trankvile, same kiel ŝi levante sin de ĉe la tablo, kie ambaŭ estis sidintaj.

"Nu, bonan nokton!" Ne donante al li la manon, kiel kutime, ŝi rapidpaŝe forlasis la ĉambron.

Li postrigardis ŝin. Lian orelon trafis la susurado de ŝiaj subjupoj, kaj ekĝemeto tremis el inter liaj lipoj. Kial li ekĝemis? —

Daŭris sufiĉe longe, ĝis kiam von Merten povis ekdormi post la lasta interparolo kun Edito Mac Kennon; kaj kiam li fine estis ekdorminta, konfuza sonĝo iluziis lian spiriton. Sidante sur ĉevalo, li estis ĉasanta post Jameson, kaj kiam li, rapide rajdante sur ŝoseo, fine estis atinginta la ĉasiton kaj etendis la brakon al li, ne estis Jameson, kiun li kaptis, sed Edito, kiu ridante rigardis lin kun tiel aminda esprimo en siaj trajtoj, ke li ne sciis, ĉu koleri aŭ ĝoji pri ĉi tiu sonĝo. La marta suno jam hele brilis en lian ĉambron, kiam li malfermis la okulojn. Rapide li saltis el la lito, rapide vestis sin kaj sonorigis, por ricevi la kafon.

"Alvenis ankaŭ telegramo por via moŝto", la ĉambrokelnero serveme anoncis.

"Kie ĝi estas?"

"Ĉe la pordisto; mi tuj alportos ĝin."

Post kelkaj minutoj la kelnero revenis kun la telegramo. Merten malfermis ĝin. Ĝi venis el Berlin kaj tekstis: "Pinkerton sciigas: Leterojn por Jameson peras Ellen Burke, ĝis hodiaŭ al London, poste al Nice. Klubsekretario opinias Jameson-on restanta en Wien."

Merten ree sonorigis kaj demandis la enirantan kelneron: "Ĉu fraŭlino Mac Kennon jam estas renkontebla?"

"Mi tuj informos min."

Post kvin minutoj la kelnero reaperis. "La fraŭlina moŝto ĝuste trinkas sian matenĉokoladon", li anoncis.

"Diru al ŝi, ke alvenis telegramo el Chicago, ŝi bonvolu sciigi al mi, kiam mi povos paroli kun ŝi."

Ree pasis kvin minutoj. Tiam la kelnero revenis sciigante, ke la fraŭlina moŝto post kvaronhoro estos en la legoĉambro.

Ŝi estis akurata. Kun afabla matensaluto Merten donis al ŝi la telegramon.

"Li do veturis al London kaj nun estas survoje al Nice!" ŝi vigle kriis. "Kion li volis en London?"

"Ĉu vi memoras, ke mi hieraŭ diris al vi, ke mi estas scivolega, kiel li aranĝos la aferon en Riviero?"

"Tute bone! Ha, mi komprenas! Li timis, ke, se tie li anstataŭigus Alicon per ftizulino, la afero tro facile povus esti malkaŝata, kaj pro tio li veturis al London, por tie serĉi taŭgan personon, ĉu ne?"

"Kiel rapide via kombina talento evoluas! Tia aŭ tute simila la afero estas. Se li instigus malsanulinon restantan en Riviero, ludi la rolon de via mortinta amikino, ĉi tio kaŭzus gravajn malfacilaĵojn. Restado en Riviero postulas ne malgrandajn monrimedojn, kaj sinjorino posedanta tiajn apenaŭ emus akcepti liajn proponojn. Por tio li bezonas malriĉan virinon, kompreneble tian, kies gepatra lingvo estas la angla. Plej bone ja amerikanino estus taŭginta. Sed per vojaĝo trans la oceanon li estus perdinta tro multe da tempo, pro tio li turnis sin al London."

"Kaj tien ankaŭ ni nun devas veturi, por konstati la detalajn cirkonstancojn!"

"Kiel eble plej baldaŭ!"

"Mi estas vojaĝpreta."

"Des pli bone. Nia vagonaro forveturos, kiel mi jam konstatis el la horarlibro, post du horoj. Estas rapidvagonaro al Calais. Tre volonte mi ja estus ankoraŭ atendanta je la telegramo el Wien, kiu vere jam devus esti alveninta, sed London estas pli grava. La Wien-a telegramo povos esti postsendata. Mi rapide iros al la ĉeftelegrafejo por peti ĉi tiun pri la postsendo kaj deponi monsumon por tio. Mi revenos kiel eble plej baldaŭ."

"Intertempe mi faros la lastajn preparojn por la vojaĝo."

KVINA ĈAPITRO

"Kion vi intencas fari por ekscii, kiun Jameson venigis kun si?" Edito demandis, kiam ili sidis en la vagonaro.

"Tio ne estos tre malfacila. Por serĉi taŭgan privatan malsanulinon, li verŝajne ne havis sufiĉe da tempo. Do ni devos turni nin al la hospitaloj, en kiuj ftizuloj estas kuracataj, kaj de ili peti informojn."

"Ĉu ankaŭ al la privatklinikoj?"

"Mi opinias, ke tio ne estos necesa. Restado en privatkliniko estas multekosta, sekve nur riĉaj pacientoj povas fari tion. Sed, kiel mi jam diris, Jameson bezonas malriĉan malsanulinon, ĉar nur tia konsentos pri lia deziro montri sin sub la nomo Alico Smith. Cetere, ĉu vi skribis sciigon al Nice, ke vi bedaŭras ne povi veni tien?"

"Jes; kaj mi aldonis, ke pluajn informojn pri la sanstato de Alico mi petas al Dresden, poŝte restantaj. Mi donis la poŝtkarton al Kruse, kiu promesis enpoŝtigi ĝin."

"Tio certe okazis, ĉar Kruse estas fidinda. Espereble li trovos sinjoron Jameson en Nice."

"Kaj kion fari, se li ne sukcesos?"

"Nu, eble ni trovos en London ion, kio remontros al ni postsignon de la krimulo."

"Sed kion ni entreprenos, se ankaŭ ĉi tiu espero ne realiĝos?"

"Tiukaze ni devos elekti alian vojon, kiu nun ankoraŭ ne estas destinebla, sed nur laŭ tio, kion ni intertempe ankoraŭ estos esplorintaj. Sed unu demandon bonvolu ankoraŭ respondi:

Ĉu vi konas tiun virinon Ellen Burke, pri kiu en la telegramo el Chicago estas dirite, ke ŝi peras la leterojn de Jameson?"

"Ne, mi neniam aŭdis ĉi tiun nomon."

"Supozeble estas sinjorino, kun kiu Jameson ankaŭ havas aminterrilaton. Ni ja povos konstatigi ĉi tion ankaŭ per Pinkerton, sed ne estas urĝe tion ekscii. Eble via frato povus informi nin pri tio."

"Ĉu mi telegrafu al li?"

"Letero sufiĉas; se montriĝos necese ricevi rapidajn informojn pri sinjorino Burke, ni povos sekvigi telegramon. Sed la letero estu skribota kiel eble plej baldaŭ, ĉar pasos sufiĉe longa tempo, proksimume unu semajno, ĝis kiam ĝi atingos sian celon. Ĉu vi havus la afablecon skribi ĝin sur la vaporŝipo dum la transveturo de Calais al Dover?"

"Mi povas skribi tuj, dum la veturado aŭ dum la haltado en la stacioj."

"Tio ne estas necesa; se ni ekspedos la leteron en Dover, ĝi alvenos ne pli malfrue."

Sekvis longa silento. La interparolo de l' pasinta vespero laŭŝajne kaŭzis al Edito malbonhumoron, kiun ŝi ankoraŭ ne povis subigi.

Merten treege bedaŭris tion. Li ankaŭ ne povis dubi pri tio, ke la malbonhumoro direktiĝas kontraŭ li, ĉar ĝi daŭris ankaŭ dum la plua veturo. Nur kiam la kupeon eniris kelkaj sinjoroj, kiuj provis komenci konversacion kun Edito, ŝi senhezite konsentis pri la provo, kaj baldaŭ ŝi estis en vigla interparolo kun la sinjoroj. Precipe unu el ĉi tiuj, civile vestita oficiro de la husara regimento el Krefeld, konversaciis en amuza kaj sprita maniero. Merten unue silente aŭskultis. Tamen al lia akrigita per ekzercado okulo ne restis kaŝite, ke de tempo al tempo observanta rigardo de Edito transflugis al li, kvazaŭ ŝi volus vidi, kiel li akceptas la aferon. Sed ŝi eble ne konkludu el lia silentado, ke li koleras. Pro tio li rompis sian silenton, kiam prezentiĝis konvena okazo, kaj li partoprenis la interparolon, disvolvante kvietan bonhumoron, al kiu la sukceso estis certa. Kiam la sinjoroj forlasis la kupeon, atinginte sian vojaĝocelon, ili certigis, ke ili nur malofte havis tiel agrablan veturon kiel hodiaŭ.

Kiam von Merten kaj Edito ree estis solaj, unue la silentado denove regis.

"Kial vi hodiaŭ tute ne klopodas distri min?" Edito subite demandis.

"Ŝajnis al mi, ke via fraŭlina moŝto unue malmulte emis al interparolo."

"Kaj nun vi ne emas al tio, ĉu ne?"

"Mi esperas, ke vi ne konsideras min tiel malbona kavaliro!"

"Se nur pro kavalira devo vi volas dediĉi vin al mi, nu, tiukaze mi rezignas pri tio!"

"Kian rajton mi havus, fari pli ol tion?"

"Ni estas kunuloj, sinjoro von Merten, almenaŭ en la afero, kiu nun okupas nin. En tia stato oni konservu ankaŭ bonan kamaradecon, ĉu ne vere?"

"Certe, — sed de ambaŭ flankoj!"

"Dankon! Mi sentas min trafita. Sed preskaŭ ŝajnas al mi, kvazaŭ vi ne konsiderus ebla tian kamaradecon inter anoj de malsamaj seksoj kaj opinius gardi vin de ĝi, ĉu ne?"

Li ridetis. "Tio ne estas ĝusta. Mi ne timas tian kamaradecon. Sed mi konfesas, ke la okazojn, en kiu oni restas ĉe tiu ĉi kamaradeco sen tio, ke pli intima sento disvolviĝas ĉe unu el la du kamaradoj, mi konsideras tre maloftaj."

"Do ni estigu unu el ĉi tiuj maloftaj okazoj, ĉu jes? Mi pensas, ke pri mi mi povas esti certa, kaj mi supozas la samon pri vi. Ĉu mi estas prava?"

"Ne tute!"

"Ho, vi surprizas min!"

"Mi estas certa pri mi laŭ tio, ke mi scias, ke mi ne parolos unu vorton, kiu povus malkaŝi intiman senton."

"Sed garantion por tio, ke ĝi ne disvolviĝos en vi, vi ne prenus sur vin, ĉu ne?" ŝi demandis kun rapida ekbrilo de siaj malhelaj okuloj.

"Ne!" li trankvile respondis. "Por tio mi ankoraŭ ne estas sufiĉe maljuna, almenaŭ kontraŭe al[15, 29] estaĵo de via aspekto. Sed, se mi certigas al vi, ke neniam per elmontro de tio, kio per la sufiĉe longa kunesto kun vi eble estos vekata en mi, mi kaŭzos al vi momenton de malagrableco — kial vi ridas? Nu, se vi volas[22], mi povas paroli ankaŭ alie — do, momenton de agrableco —"

"Abomene!"

"Vi elvokis tion! Do — kaŭzos al vi momenton de agrableco, vi ja povas esti kontenta! La pariĝo de arda amo kun la malvarmeta konscio pri ĝia senŝanceco havas sian apartan ĉarmon!"

"Tio estas kontraŭnatura!"

"Ĉu ankaŭ vi nun volas diskuti pri tio, kio estas kontraŭnatura kaj kio ne? Tion lasu al la spiritaj proletarioj!"

Ŝi silentis. Kvankam ŝi, de jaroj sin movanta en agrablaj rondoj de la plej diversaj kulturlandoj, estis tre lerta, ŝi tamen bezonis tempon, por trovi konvenan respondon. Tio incitis ŝin. Kial ŝi, kiu iam tre ofte faris spritplenajn konversaciojn kun lertaj babiluloj, ne povis respondi al li tiel trafe kiel al aliai?

Ŝi bone sciis la kaŭzon: Ne estis eble interparoli kun li en supraĵa maniero; li ĉiam penetris en la profundon, en kiun sekvi estis malfacile. Li ĝuste estis vera germano — pedanto! Tial ŝi provis interne moki pri li, sed la moko ne estis vera kaj sincera. Kontraŭe, ju pli da similaj interparoloj ili havis dum la veturo trans la kanalon kaj plue, proksimiĝante al la angla ĉefurbo, des pli li okupis ŝian pensadon — kaj tion tute ne en malagrabla maniero. —

Alveninte en London, von Merten zorgis pri komfortaj loĝejoj en bona hotelo, kaj poste li tuj volis komenci siajn esplorojn en la hospitaloj. Sed Edito Mac Kennon petis lin tiel insiste pri partopreno en tiu esplorado, ke li devis cedi al ŝi. Ili elektis malsanulejojn, kiujn ĉiu el ili vizitu, kaj interkonsentis ankaŭ pri telefonaj interrilatoj de tempo al tempo farotaj, por ke, se unu el ambaŭ estus atinginta la celon, la alia ne sennecese plue serĉu. Sed ĉe ĉiu telefona interparolo montriĝis la senrezulteco de la ambaŭflankaj klopodoj. Kiam ili en la vespero renkontis unu la alian en la hotelo, estis certe, ke Jameson tiun virinon, kiu laŭ opinio de Merten anstataŭu sinjorinon Smith, ne venigis kun si el hospitalo, almenaŭ ne el tia de London.

Ankoraŭfoje von Merten ekzamenis sian hipotezon, konsideris ĉion parolantan por kaj kontraŭ ĝi, kaj li venis al la rezulto, ke li devas resti ĉe ĝi.

La vesperajn horojn li kaj Edito Mac Kennon pasigis komune tralegante la gazetojn de la lastaj tagoj, por esplori, ĉu Jameson eble per anonco estis serĉinta taŭgan sinjorinon. Ĉe la tre ampleksa anoncoparto de la London-aj gazetoj tio estis longedaŭra kaj laciga laboro. Sed ankaŭ ĝi restis senrezulta, kaj la paleco, iom post iom fortiĝanta sur la ĉarmaj trajtoj de Edito, pruvis ŝian elĉerpiĝon. Sed nur post insista peto de Merten ŝi iris al la nokta ripozo.

Merten ne trovis ĉi tiun. Sidante en komforta apogseĝo de sia hotelĉambro, li ekbruligis sian pipon, sian fidelan akompananton, kaj poste komencis intense mediti. Pluraj ideoj ekaperis en lia cerbo kaj ree estis forlasataj. Fine venis tia, kiu ŝajnis enhavi la ŝancon de sukceso.

Jameson pretekstis negocajn aferojn por amuzaj vojaĝoj al Eŭropo, diris fraŭlino Mac Kennon. Ĉe tio li kompreneble ne tute povis malatenti la negocajn celojn. Kien ĉi tiuj povis konduki lin? Laŭ la speco de lia komerca entrepreno certe ankaŭ al London. Li devis esti restadanta iom longan tempon en London. Kie? Tre verŝajne ne en hotelo; laŭ sia vivkutimo li certe preferis loĝi en pensiono por fremduloj.

En Germanlando kun ĝia bonordigita loĝanoncado estus facile konstati, en kiu pensiono li loĝis, sed en Anglolando ne ekzistas tiaj leĝoj. Demandi en ĉiuj pensionoj, kiaj en London certe ekzistas miloj – krom la multaj familioj, kiuj okaze loĝigas ĉe si fremdulojn kontraŭ pago — daŭrus monatojn.

Sed se Jameson efektive pretekstis la negocon por siaj amuzaj vojaĝoj al Eŭropo, kiel Edito rakontis, li apenaŭ povis tute eviti vizitojn al siaj komercaj amikoj. Merten konis la specon de lia entrepreno, kaj estis supozeble, ke en London ekzistas nombro da firmoj, kun kiuj la komercejo en Chicago interrilatas. Sekve ŝajnis plej utile, demandi en tiaj firmoj, kie Jameson loĝis dum sia antaŭ ne longe okazinta vizito en London. Verŝajne unu el la anglaj korespondantoj, laŭ angla kutimo, kunirigis lin en la klubon, konis lin iom pli intime kaj povis doni informojn pri liaj kutimoj. Tiaj esploroj kompreneble devis esti farataj kun granda singardo, plej bone per angla detektivo. Kvankam von Merten bonege parolis la anglan lingvon, li tamen ne povis riski, en London nomi sin anglo; ĉar, se oni rimarkus, ke tio ne estas ĝusta, oni suspektus lin kaj eble avertus Jameson-on. Merten sufiĉe konis sin mem por scii, ke li ne trovos dormon, antaŭ ol li estos haviginta al si certecon, ĉu sur tiu vojo rezulto estus atingebla. Li subite ekstaris, venigis al si fiakron kaj veturis al la policejo Scotland Yard.

La deĵoranta inspektoro montris al li, post kiam li estis legitiminta sin, la plej afablan komplezon. Tamen ne estis facile, trovi la ĝustan oficiston por la esploro. Inspektoro Pearson rekomendis al Merten iun Killaney, unu el la plej trovemaj viroj, pri kiuj la angla polico disponis. Se Merten dezirus servigi al si ĉi tiun viron, oni tuj povus venigi lin per telefona sciigo. Merten ne havis kaŭzon malakcepti la rekomendon de la inspektoro, kaj konsentis. Sed kiam post paso de ne tro longa tempo Frederiko Killaney aperis, von Merten preskaŭ pentis sian konsenton. Killaney estis vera tipo de degenerinta "gentleman". Li aspektis kiel viro, kiu apartenis al la bonsocietaj rondoj, sed per facilanimeco perdis sian posedaĵon. La hela lumo, kiu brulis en la ĉambro de l' inspektoro, klare ekkonigis ĉiun trajton de lia elviviviĝinta, sed bela vizaĝo. La unua impreso, kiun Merten havis pri li, neniel estis favora. La vizaĝo de Killaney tute ne surhavis stampon de inteligenteco, pli vere tiun de bonanimeco, kiu ŝajnigis lin pli taŭga por ĉiu alia profesio ol por tiu, kiun li plenumis. Sed kiam Merten informis lin pri lia tasko kaj promesis al li sufiĉe altan monrekompencon por rapida kaj feliĉa solvo de la tasko — von Merten sciis, ke Edito volonte pagos la sumon —, sur la vizaĝo de Killaney aperis fulmsimila ekbrilo, kiu subite ŝanĝis la karakteron de la vizaĝo.

"Esploro ĉe komercistoj, kiuj negocas kun Ameriko kaj speciale kun Chicago, estas la plej certa procedo", diris sinjoro Killaney. "Sed mi povos komenci ĝin nur morgaŭ matene je la 9a; tamen mi hodiaŭ jam povas fari enkondukan paŝon. Mi estas amikiĝinta kun la oficisto de banko, kiu multe interrilatas kun komercejoj en Chicago, eble ankaŭ kun la firmo nomita de vi; se ne, mia amiko certe scias, kiu ĉi-tiea banko prizorgas la negocojn de la tiea entrepreno. Se ni estos trovintaj ĉi tiun bankon, ni tre baldaŭ ankaŭ scios, kun kiuj ĉi-tieaj komercaj firmoj sinjoro Jameson interrilatas. Mian amikon mi ankoraŭ nun povas viziti."

"Tre bone", von Merten diris. "Tuj kiam vi estos eksciinta ion, donu informon al mi en mian hotelon."

La detektivo promesis tion kaj foriris. Ankaŭ Merten foriris, post kiam li estis dankinta la inspektoron pro lia komplezemo.

Al Merten do ne restis io alia ol atendi, kion Killaney raportos. Sed unu paŝon li tamen ankoraŭ povis fari: Li veturis al la ĉeftelegrafejo, kie li jam la pasintan vesperon vane demandis pri la telegramo el Wien, kies postsendo el Dresden estis ordonita. Nun ĝi fine estis alveninta; ĝi tekstis: "Franco

Jameson el Chicago de dek du tagoj ĉi tie, loĝas Lerchenfeldergürtel 21."

De dek du tagoi; Merten ne povis rifuzi al sia kontraŭulo sian laŭdon. Estis sendube, ke Jameson, por ĉiukaze povi pruvi sian alibion, sendis al Wien iun, kiu tie ludis lian rolon. Kiu povis esti la anstataŭulo? Nu, ĉi tiu demando estu respondata pli malfrue; nun estis necese, fari ion pli gravan. La plej necesa certe estis, ke li iom ripozu. Noktmezo jam de longe pasis, kiam li atingis sian hotelon, kaj la streĉadoj de la vojaĝo pli kaj pli sentiĝis. Sed daŭris longan tempon, antaŭ ol li povis ekdormi. En sia spirito li ankoraŭfoje pasigis ĉion, kio ĝis nun okazis, kaj ankoraŭ pli firmiĝis en li la konvinko, ke li agis ĝuste kaj laŭcele. El ĉiuj bildoj, kiuj ekaperis al li ĉe tio, tiu de Edito plej longe restis. Li klopodis forigi ĝin, sed li ne sukcesis.

Kial ĝuste ŝi, kiu tiel subite estis veninta en lian vivon kaj kontraŭ lia volo tiel vigle okupis lin, estis tiel riĉa?

Ĝemante li forlasis esperon, kiu, kvankam li estis nutrinta ĝin nur mallongan tempon, tamen altgrade logante estis aperinta antaŭ li. Malgraŭ ĉiu karaktera forto li apenaŭ povis daŭre sin liberigi de la ĉarmo, per kiu la gracia aperaĵo de Edito — ankoraŭ pli ŝia malkaŝema, sincera karaktero — efikis al li kaj devis efiki al ĉiu, kiu iom longan tempon persone interrilatis kun ŝi.[23] Almenaŭ li ne sentis sin certa pri tio.

Ĉu li rajtas cedi?

Ne! En konversacio kun ŝi li sufiĉe klare estis espriminta, kio disigas lin de ŝi. Ĉu li fariĝu la edzo de riĉa sinjorino? Ne. Eĉ se li havus gravajn zorgojn pri ekzistado, li ne povus decidiĝi peti la manon de riĉa sinjorino. Jes, tiukaze eble ankoraŭ malpli ol alie. Lia vira fiero ne povus elporti[24] la penson, ke riĉa edzino iutage eble povus riproĉi al li la mankon de havaĵo.

En lia situacio tia riproĉo eĉ estus rajtigita. Li ja povis fondi al si mastrumon; lia salajro kune kun la rentumo de lia havaĵo sufiĉis por certigi al la mastrumo senzorgan ekzistadon ĉe moderaj pretendoj. Sed, ĉu garantio ekzistas por tio, ke la pretendoj de la amerikanino estas moderaj, ke ili restos tiaj? Ŝia inklino al romantiko eble sufiĉus por dum la unua tempo malpli sentigi al ŝi limigon en ŝia vivmaniero; dum la tielnomata miela monato novaj geedzoj ja rigardas ĉion per aliaj okuloj ol poste. Sed kiel estos, kiam la miela monato estos pasinta? Ĉu tiam ŝiaj pretendoj ne kreskus, eble ĝis la mezuro de tiuj, kiujn fari ŝi estis rajtigita kiel fraŭlino? Kio okazus tiam? Tiam li devus diri al ŝi, ke liaj monrimedoj ne sufiĉas por kontentigi tiajn pretendojn; lia fiero estus profunde ofendata.

Tamen, kiom li nun konis ŝin, ŝi neniel hezitus helpi per sia propra posedo. Certe, ŝi plej verŝajne trovus tion tute komprenebla, kia ĝi efektive ankaŭ estis. Do li povis supozi, ke, se li edziĝus kun Edito, ilia edzeco ne estus malagrabligata per tia afero.

Sed – garantion por tio, ke tia momento ne venos, li ne havis. Ĉi tiun momenton li timis, sentante, ke kun ĝi aperos ne transirebla fendego inter li kaj lia edzino. Ĉi tiu timata momento povus veni, kaj tiam ĉio estus perdita por ĉiam. Ĉu konsidere al tio vere ne estus pli bone, kiel li jam unu fojon decidis, sufoki la apenaŭ ekĝermintan aminklinon, antaŭ ol ĝi elkreskus tro forte?

Tiaj skrupuloj turmentis lin kaj longe fortenis la dormon. Sed fine la naturo pretendis sian rajton, kaj li ekdormis kun la intenco esti singardema kaj ĉion ceteran lasi al la destino de l' sorto.

SESA ĈAPITRO

Kelkaj horoj da dormo sufiĉis, por plene redoni al Merten lian freŝecon. Li vekiĝis kun novaj fortoj, kaj post rapida sinvestado li instruis la ĉambristinon diri al fraŭlino Mac Kennon, ke nur mallonge antaŭ tagmezo li anoncos sin ĉe ŝi; ĝis tiam li estos okupita. Per tio li celis, ke Edito, kies helpon li por la nuna momento neniel bezonis, kiel eble plej longe ripozu.

Dum li atendis sinjoron Killaney en sia ĉambro, li ree kaj ree konsideris la aferon laŭ ĉiuj direktoj. Li jam de longe ekkonis la verecon de la maksimo, ke nur tiu estas vere kapabla kriminalisto, kiu konsideras ne nur la verŝajnan, sed ankaŭ la ne verŝajnan, eĉ la apenaŭ eblan.

En sia pensado li estis interrompata de sinjoro Killaney, kiu mallonge sciigis al li, ke Jameson kutimas loĝi en la fremdul-pensiono de sinjorino Ellen Burke, Churchill-strato n-o 62, kaj ke li loĝis tie ankaŭ dum sia lasta restado en London. Sinjorino Burke ja de post Septembro de la pasinta jaro estas en Chicago, sed ŝia pensiono estas plue funkciigata de Karolino Broughton.

Aŭdinte ĉi tion, von Merten eĉ ne unu momenton dubis pri tio, kion li faru. Li pagis al la detektivo la promesitan rekompencon kaj dankis lin pro lia bona laboro. Tuj kiam Killaney estis foririnta, Merten skribis leteron al Edito, en kiu li komunikis al ŝi, ke li devas transloĝigi sin en la pensionon de sinjorino Burke, Churchill-strato n-o 62, kaj ke li kiel eble plej baldaŭ donos al ŝi informojn de tie. La leteron li transdonis al la ĉambristino por prizorgo. Poste li rapide pakis sian vojaĝkofron, pagis la hotelfakturon kaj per fiakro veturis al Churchill-strato.

En la pensiono akceptis lin bela, freŝa ĉambristino, ĉar la sinjorino ankoraŭ ne estis preta por akcepti.

Ŝi montris al li komfortan ĉambron, kiun li luis, ne demandante pri la prezo. Dum la ĉambristino, kiu evidente estis el Irlando, kiel la plej multaj servistinoj en London, pretigis la ĉambron, li komencis interparolon kun ŝi.

"Ĉu vi jam longtempe estas ĉi tie, bela knabino mia?" li demandis.

"Du jarojn, sinjoro."

"Tiukaze vi verŝajne konas ankaŭ mian amikon Jameson, kiu rekomendis al mi enloĝigi min ĉi tie, kiam mi venos al London, ĉu ne?"

"Jes, sinjoron Jameson mi bone konas. Se li estas via amiko, vi supozeble konas ankaŭ sinjorinon Burke, ĉu ne?"

"Kompreneble!"

"Kiel ŝi fartas?"

"Ho, tre bone. Ŝi rapide alkutimigis sin en Chicago."

"Ĉu ŝi ankoraŭ estas tiel bela?"

"Mi ja ne scias, kiel ŝi pli frue aspektis, sed certe ŝi ankoraŭ nun estas tre bela."

"Nu, ŝia fotografaĵo staras en la akceptsalono, sur la kameno, apud tiu de sinjoro Jameson."

"Mi iros poste en la akceptsalonon kaj rigardos la bildon. Ĉu sinjoro Jameson lastatempe estis ĉi tie?"

"Se vi estus veninta kelkajn tagojn pli frue, vi estus renkontinta lin."

"Domaĝe, domaĝe! Tre volonte mi estus salutinta lin. Eble li baldaŭ denove venos."

"Tio povas esti. Sed mi pensas, ke kelka tempo pasos, ĝis kiam li revenos al London."

"Ĉu eble sinjorino Broughton scias pri lia reveno?"

"Certe, ŝi aŭ doktoro Beads. Kun li sinjoro Jameson kelkafoje kunestis."

"Mi memoras, ke Franco rakontis al mi pri li. Li loĝas proksime de ĉi tie, ĉu ne?"

"Jes, Northumberland-strato n-o 14. Tie li havas ankaŭ sian klinikon."

"Kiam doktoro Beads havas sian konsultan horon?"

"Tion mi ne certe scias, verŝajne de la 9a ĝis lla antaŭtagmeze."

"Ĉu vi nun havas pacientojn de li ĉi tie?"

"Ne, feliĉe ne. Vi ne povas imagi, kiom da laboro ili kaŭzas. Kelkaj malsanuloj preskaŭ ĉiun kvaronhoron postulas ion alian. Kiam sinjoro Jameson en la antaŭpasinta vintro estis ĉi tie, li forte malvarmumis kaj laŭ ordono de doktoro Beads kelkajn tagojn devis kuŝi en la lito. Tiam mi devis servi al li. Dio mia, kia senpacienca homo li estis! Mi estis kontenta, kiam li povis forlasi la liton kaj eliri."

"Tion mi kredas. Sed alitempe li certe estis tre afabla, ĉu ne?"

"Nu, afabla — tion oni ĝenerale ne povas diri. Bela homo li estas, jes, tre bela homo! Se li rigardis onin per siaj grandaj okuloj — duone oni timis lin kaj duone estis ravata pri li! Sed pardonu, sinjoro, mi jam tro longe babilis ĉi tie, kaj mi havas ankoraŭ multe da laboro."

Ŝi rapidis el la ĉambro, kaj Merten pretigis sin por vizito al doktoro Beads.

Por ke doktoro Beads, kiu havis grandan klientaron, ne havu kaŭzon tro frue fini la interparolon, kiun von Merten intencis direkti pri Jameson, la komisaro restis en la atendejo, ĝis kiam ĉiuj pacientoj, ankaŭ tiuj venintaj post li, estis konsultintaj la kuraciston, kaj li eniris la konsultan ĉambron kiel la lasta. Li plendis pri reŭmatismaj doloroj, kontraŭ kiuj doktoro Beads receptis al li frotŝmiraĵon. Interparole von Merten diris, ke lia amiko Franco Jameson rekomendis al li doktoron Beads kiel treege spertan kuraciston.

"Ĉu sinjoro Jameson jam revenis?" doktoro Beads demandis mirigite.

"Ne, la rekomendo okazis jam antaŭ iom longa tempo,

kiam li rakontis al mi, kiel rapide vi kuracis lin de forta malvarmumo."

"Nu, la afero ne estis tre grava," doktoro Beads diris ridante, "sed kiel paciento li havis tian senpaciencon, kia montriĝas precipe ĉe tre fortaj naturoj, kiam la koncernaj personoj ne estas tute sanaj kaj ankaŭ ne tute malsanaj. Tiam mi tute ne ŝatis lin, sed nun mi ekkonis lin kiel ŝatindan homon."

"Ĉu oni rajtas demandi, kio kaŭzis ĉi tiun ŝanĝon de via opinio?"

"Li ja ne volis, ke la afero fariĝu konata; sed al vi, lia amiko, mi povas rakonti ĝin. Kiam li, post sia malsano, de tempo al tempo ankoraŭ konsultis min, li renkontis en mia atendejo junan sinjorinon, fraŭlinon Katarino Woodwell, kiu suferis de ftizo. Ŝi estis instruistino en ĉi-tiea popollernejo kaj ne plu havis gepatrojn nek aliajn parencojn. Li interesiĝis pri ŝi. Ŝi estis tre bela; povas esti, ke tio vekis aŭ plifortigis lian simpation por ŝi."

"Li iam rakontis al mi pri ŝi. Ĉu ŝi havis tre belan blondan hararon, bluajn okulojn kaj mezgrandan, gracian figuron?"

"Tre prave, tio estas precize ĝusta. Nu, kiam li estis konatiĝinta kun ŝi, li insiste petis min, ke mi laŭvere diru al li, ĉu ŝi resaniĝos aŭ ne. Mi ne povis havigi al li multe da espero; la malsano jam estis tro progresinta. Aŭdinte ĉi tion, li donis al mi kvinpundan monbileton kaj petis pagi per ĝi ŝiajn kuracilojn kaj fortigilojn. Se estus necese, li pagus ankaŭ la kostojn de ŝia porvivo. Pro la bono de mia malriĉa pacientino mi volonte konsentis pri tio. El Chicago li poste ripetfoje sendis al mi sufiĉe altajn sumojn por la malsanulino, pri kies farto mi regule devis raporti al li. Bedaŭrinde la raportoj fariĝis pli kaj pli malfavoraj; mia unua diagnozo pruvis sin ĝusta. Fraŭlino Woodwell pli kaj pli kadukiĝis, kaj kiam Jameson antaŭ ne longe venis ĉi tien, ŝi estis nur ankoraŭ ombro de si mem. Li estis profunde kortuŝita, kiam li revidis ŝin ĉi tie; kaj kiam mi diris al li, ke la sola ebleco, ankoraŭ plilongigi ŝian vivon, kvankam plej favore nur por kelkaj monatoj, estus tiu, transloki ŝin en sudan klimaton, li senhezite decidis, je siaj kostoj venigi ŝin kun si al Riviero."

"Tre nobla faro, efektive!"

"Vere, sinjoro Bernhard!" Sub ĉi tiu nomo von Merten estis prezentinta sin al doktoro Beads kaj anoncinta sin en la pensiono. "Antaŭhieraŭ li forvojaĝis kun ŝi, kaj hodiaŭ ili verŝajne jam estas en San Remo."

"Ĉu vi efektive opinias, ke la fraŭlino estas ne savatebla de baldaŭa morto?"

"Dubo pri tio ne povas ekzisti; pli longe ol kvar semajnojn ŝi ne plu vivos."

"La kompatindulino! Certe ŝi ankoraŭ estas tre juna, ĉu ne?"

"Si havas nur dudek ses jarojn."

"Mi ripetas: estas tre nobla trajto de sinjoro Jameson, ke li provas plifaciligi al ŝi almenaŭ la vivofinon, kaj tio des pli, ĉar laŭ tiaj cirkonstancoj ĉiu penso pri malpli pura motivo, pri aminterrilato, ŝajnas esti esceptata."

"Kompreneble! Ankaŭ krom tio, ke Jameson, kiel vi certe scias, nepublike jam fianĉiĝis kun fraŭlino Adelo, mi celas Adelon Burke".

"Jes jes, tion li tute ne sekretigis al mi. Kial li ĝis nun ne edzinigis ŝin?"

„Vivas ankoraŭ maljuna onklo de li, kiu nepre volas, ke Jameson restu needziĝinta, kaj kiu senheredigus lin, se li edziĝus. Sed la maljuna sinjoro, kiu disponas pri tre granda posedaĵo, jam havas pli ol sepdek jarojn, kaj li estas malsanema tiel, ke post pli-malpli longa tempo oni povas atendi lian morton. Pro tio Jameson ankaŭ preferas atendi rilate la edziĝon."

"Sub tiaj cirkonstancoj oni vere ne povas malaprobi tion. Sed nun mi jam sufiĉe longe ĝenis vin, sinjoro doktoro. Mi tre dankas al vi. Ĝis revido!"

"Ĝis revido, sinjoro! Kaj se vi revidos sinjoron Jameson, bonvolu saluti lin de mi."

Merten promesis tion kaj foriris. Intertempe fariĝis tempo por iri al Edito. Ne povante aŭ ne volante kaŝi certan kontentiĝon pri sia sukceso, li sciigis al ŝi, kion li atingis.

Ŝi aŭskultis, ne interrompante lin. "Kaj mi nenion povis fari ĉe tio!" ŝi kriis, kiam li estis fininta sian raporton, en tono de iometa riproĉo.

"Mi ne rajtis interrompi vian ripozon, kiun vi certe bezonis post tiel streĉinta veturo."

"Mi efektive ne estas tiel malforta, kiel vi ŝajnas opinii. Vi mem verŝajne tute ne trovis ripozon, ĉu ne?"

"Ho tamen, mi dormis kelkajn horojn."

"Tio ne sufiĉas! Tiamaniere vi ruinigas vian sanon!"

"Ĝi jam devis elteni pli grandajn lacegigojn kaj eltenis ilin. Sed vi estas tre afabla, ke vi estas en zorgo pro mi."

"Tio nur estas mia devo kiel bona kamarado. Sed pri la afero! Kion ni faru nun? Ĉi tie certe estas farita ĉio, kio povis esti farata, kaj ni forvojaĝos sen tio, ke mi eĉ nur iomete povis esti utila, ĉu ne?"

"Tie en Riviero vi estos por mi treege utila, ĉar estas plej grave, ke iu, kiu konas Jameson-on, tie esploru lin. Mi ja esperas, ke sub ia preteksto mi ricevos lian fotografaĵon starantan en la pensiono, sed eĉ kun ĝia helpo estus malfacile por mi, trovi lin en la alivestaĵo, kiun li sendube estos surmetinta."

"Ĉu vi opinias?"

"Tio estas tute certa. Sed ankaŭ ĉi tie ni ankoraŭ ne estas tute plenumintaj ĉion. Krom la havigo de la fotografaĵo ni devas fari la provon, ekscii ion pli detalan pri tiu fraŭlino Katarino Woodwell!"

"Por kia celo?"

"Mi ja esperas, ke Kruse sukcesos trovi la postsignon de Jameson kaj konstati lian restadejon, sed certecon pri tio ni ne havas. Kontraŭe, se oni konsideras, kian eksterordinare grandan singardemon Jameson aplikas, oni povus dubi pri tio. Pripensu, kiel Jameson antaŭ longa tempo preparis sian planon. Li konatiĝis kun fraŭlino Woodwell, kiam li en vintro antaŭ unu jaro estis ĉi tie. Ke li nun venigis ŝin kun si, por ke ŝi anstataŭu la mortintan Alicon, pruvas, ke ŝi certe iom similas al ĉi tiu, kion ja ankaŭ doktoro Beads jam konfirmis post mia demando pri la koloro de ŝia hararo, pri ŝiaj okuloj kaj ŝia figuro. Mi eĉ konjektas, ke ĉi tiu simileco nur ekestigis la planon por la krimo. Sed certe li tiam jam preparis ĝin, ĉar verŝajne li ne estas la viro, kiu pro tute fremda al li ftizulino oferus sufiĉe grandan sumon. Do de pli ol unu jaro li laboras pri la efektivigo de sia plano kaj sendube antaŭvidis ĉiujn eble malfavorajn por li okazojn kaj provis eviti ilin. Al ĉi tiuj okazoj apartenas ankaŭ tiu, ke li estos observata ĉe la akcepto de la leteroj en la poŝtejo. Sed aliflanke estas konsiderote, ke nun li opinias sin sekura, almenaŭ ne persekutata. Tamen estas dube, ĉu Kruse sukcesos. Se ĉi tio ne okazos, ni staros antaŭ malfacila serĉado."

"Malgraŭ tio, ke ni nun scias, ke li estas en San Remo?"

"Tie li tute certe ne estas, ĝuste pro tio ne, ke doktoro Beads rekomendis al li tiun restadejon por lia pacientino. Favore por ni estas, ke Jameson vojaĝas kune kun ŝi. Unuopulo estas multe pli malfacile trovebla, ol du kune vojaĝantaj personoj, precipe, se unu el ili estas sinjorino. Pli ol unu defraŭdinto verŝajne neniam estus kaptita, se sian amatinon li estus lasinta hejme kaj estus ĉesiginta ĉiun interrilaton kun ŝi. Do, ĉar ne ŝajnas maleble, ke per fraŭlino Woodwell ni venos sur la postsignon de Jameson, ni devas kolekti kiel eble plej precizajn detalojn pri ŝi."

"Tio estas ĝusta. Sed kiamaniere vi volas ekscii tiujn detalojn? Ĉu ne estus plej simple demandi doktoron Beads pri ili?"

"Eble. Sed povus esti, ke tio farus lin suspektema. Ĉi tiu vojo restas ankoraŭ al ni, kiam la alia rimedo malsukcesos."

"Kian rimedon vi celas?"

"Provi ekscii, kie fraŭlino Woodwell loĝis, kaj tie pli detale informiĝi."

"Ĉu ĉi tiun taskon vi volas lasi al mi?" Petante ŝi rigardis lin.

"Se vi sentas vin kapabla por tio, jes! Sed plej granda singardemo estas necesa!"

"Ĝin mi aplikos."

"Unue mi nur volas iom manĝi, mi estas sufiĉe malsata."

"Kompreneble! Ĉu ni kune matenmanĝos?"

"Se plaĉas al vi, tre volonte."

Ili iris en la matenmanĝan salonon, post kiam von Merten estis sendinta serviston al sinjoro Killaney, ke li venu tien.

Killaney aperis jam post duona horo. Merten salutis lin kaj diris al li, pri kio temas. "Ĉar fraŭlino Woodwell estis malsana kaj malriĉa, ŝi certe havis sian loĝejon en la proksimeco de la lernejo, en kiu ŝi instruis," li finis sian klarigon. "Ĉi tio do unue estas esplorota."

"Tio ne estos malfacila", diris Killaney. "Ĉar fraŭlino Woodwell estis grave malsana, doktoro Beads certe havis ŝin kiel daŭran pacientinon, kaj estas tre verŝajne, ke la lernejo, en kiu ŝi funkciis kiel instruistino, estas proksime de la loĝejo de doktoro Beads. De Scotland Yard mi havigos al mi liston de ĉiuj lernejoj troviĝantaj en tiu kvartalo kaj okupantaj instruistinojn. Ĝis kiam mi ricevos ĉi tiun liston, mi uzos la tempon, por telefoni al kelkaj lernejoj, kies adreson mi sen tio jam scias. Se mi estos trovinta la koncernan lernejon, mi tuj informos vin."

"Bone; kaj bonan rekompencon mi promesas al vi", Edito diris.

Jam post unu horo Killaney revenis.

"La afero iris tre bone", li raportis. "Fraŭlino Woodwell funkciis en la privata instituto de sinjorino Forster, kiu telefone certigis al mi, ke ŝi treege kompatas la amindan fraŭlinon. Evidente ĉi tiu akiris al si la plej grandan simpation de sia direktorino. Fraŭlino Woodwell loĝis, ŝajne ĝis antaŭ tute mallonga tempo, en Cambridge-strato, numero 112, ĉe sinjoro Uborne."

Edito donis al sinjoro Killaney la promesitan rekompencon. Certe ĝi estis tre sufiĉa, ĉar por momento la esprimo de ĝoja miro aperis sur la vizaĝo de Killaney. Li adiaŭis kun la certigo, ke ĉiutempe li estos je plua dispono.

Edito nun iris al Cambridge-strato, dum von Merten reiris al sia pensiono. Antaŭe ili ankoraŭ estis interkonsentintaj, ke je destinita horo ili ree renkontos unu la alian en ŝia hotelo. –

Sinjoro Uborne estis ŝuisto kun multnombra familio. Li plimultigis siajn malgrandajn enspezojn per ludono de ĉambroj. Edito opiniis, ke ŝi plej bone povus enkonduki sin, pretekstante, voli lui ĉambron. Sinjorino Uborne montris al ŝi malgrandan, ne tre komfortan ĉambron, rimarkigante, ke ĝis antaŭ du tagoj loĝis en ĝi fraŭlino, kiu forvojaĝis al Riviero.

"Do ŝi vivis en bonaj posedaĵ-cirkonstancoj[25], ĉu ne?"

"Ho ne, ŝi estis instruistino, unue en popollernejo kaj poste, kiam ŝi ne plu povis elteni tiajn streĉadojn, nur en privata lernejo. Ŝi havis riĉan onklon en Ameriko, de kiu ŝi ricevis subtenaĵojn."

"Ĉu vere?" – La fabelon pri la riĉa onklo fraŭlino Woodwell verŝajne elpensis, por ke ne ekestu suspektanta babilado. Ĉi tiu ne estus forestinta, se oni estus eksciinta, ke la donanto de la subtenaĵoj estas ankoraŭ juna viro. – "Do li verŝajne sendis al ŝi ankaŭ la monon por la vojaĝo al Riviero, ĉu ne?"

"Li mem estis ĉi tie, por kunvenigi ŝin, ĉar li krom tio devis veni al London."

"Ĉu vi vidis lin?"

"Ne. Ĉi tien li ne venis. Certe li estas iom stranga sinjoro, ĉar li plej severe ordonis al fraŭlino Woodwell, ke ŝi nepre ne relasu ion el siaj objektoj, precipe ne bildon. Bona Dio! La malmultaj aĵoj, kiujn la kompatindulino havis! Per ili ni ne estus pliriĉigintaj nin! Eĉ ne unu suverenon oni estus ricevinta por ili de uzitaĵisto! Kaj bildon de ŝi mi tamen havas! Pasintan Kristnaskon ŝi donacis ĝin al mi en beleta kadro, kiun ŝi mem estis bruldesegninta, pli frue, kiam ŝi ankoraŭ estis sana."

"Ĉu mi povas vidi la bildon?"

"Se vi deziras, volonte!" Esperante forlui sian ĉambron, la bona sinjorino rapide kuris al la posta ĉambro, kiu servis por ŝi kaj ŝiaj infanoj – ŝia edzo laboris eksterdome – kiel loĝejo. Reveninte ŝi donis la bildon al Edito, kiu estis surprizata per la simileco de la fotografaĵo kun Alico Smith. Fraŭlino Woodwell aspektis kvazaŭ kiel iom pli juna fratino de la murditino.

"Tre bela vizaĝo!" ŝi ekkriis. "Ĉi tiun fotografaĵon mi bone povus uzi kiel modelon por pli granda bildo; nome mi estas pentristino."

"Ĉu pentristino? Tion mi ne estus supozinta!" diris sinjorino Uborne, rigardante la simplan, sed elegantan tualeton de fraŭlino Mac Kennon.

"Jes, mi pentras pro mia plezuro. Ĉu vi volas lasi al mi la bildon por kelka tempo?"

"Hm – mi ja tute ne konas vin – ĉu mi certe rericevos ĝin? Ĝi estas por mi valora memoraĵo, ĉar mi efektive tre ŝatis la amindan, kompatindan fraŭlinon; mi flegis ŝin, kiom ajn mi povis."

Edito eltiris sian monujon. "Mi donas al vi suverenon por la bildo kaj promesas al vi, ke vi rericevos ĝin post kelkaj semajnoj. Ĉu vi konsentas pri tio?"

"Kaj kiam mi rericevos ĝin, ĉu mi tiam devos redoni al vi la suverenon?"

"Ne ne, ĝi restos en via posedo!"

"Ho, tiukaze mi kompreneble konsentas! Sed tio estas tro multa! Ŝajnas, ke vi estas riĉa amerikanino, ĉu jes? Via lingvo estas ankaŭ iom alia ol ĉe ni."

Edito ridis. "La Londonan dialekton mi ja ne parolas!" ŝi

diris. "Cetere, ĉu vi eble scias, de kie devenis la juna instruistino?"

"Fraŭlino Woodwell estis el Newcastle. Ŝia patro estis ministestro en karbominejo, sed li mortis antaŭ tri jaroj, kaj ŝia patrino mortis jam pli frue. Gefratojn ŝi ankaŭ ne havas, la kompatinda estaĵo staris tute sola en la mondo. Ŝia sola parenco estis la onklo en Ameriko"

"Ĉu la fraŭlino havis multe da aliaj interrilatoj al konatoj?"

"Pli frue jes, kiam ŝi ankoraŭ estis en la popollernejo. Tiam koleginoj ofte venis al ŝi, kaj ŝi iris ankaŭ al ili. Sed kiam ŝi pli kaj pli malsaniĝis, tio ĉesis, kaj nur la infanoj ankoraŭ venis ĉi tien, kiujn ŝi private instruis. Sed fariĝis pli kaj pli malmultaj pro – pro –"

"Nu, pro kio?"

"Ĉar – ĉar la fraŭlino tiel malbone aspektis!"

"Kaj pro kio ŝi malbone aspektis? Ĉar ŝi havis la ftizon, ĉu ne?"

"Ho, bona Dio, ĉu vi scias tion? Eble vi nun ne luos la ĉambron, ĉu ne?"

"Ne, kara sinjorino, mi ne emas ĉi tie eble ankaŭ malsaniĝi de ftizo. Sed jen, akceptu ankoraŭ kvin ŝilingojn kiel kompenson por la tempo, kiun vi dediĉis al mi. Kiam mi ne plu bezonos la fotografaĵon, vi rericevos ĝin. Adiaŭ!"

Akompanate de dankoparoloj de la malriĉa sinjorino, Edito malsupreniris la ŝtuparon, por reveturi al la hotelo. Tie ŝi trovis sinjoron von Merten, kiu jam atendis ŝin.

Ŝi raportis al li.

"Nu?" ŝi demandis, kiam ŝi estis fininta.

"Vi atendas laŭdon, ĉu ne?"

"Jes!"

"Ĝi ne estu detenata de vi. Malnova detektivo ne plenumus la aferon pli bone, ol vi tion faris."

"Ĉu vi parolas serioze?"

"Tute serioze!"

Lia tono ne lasis dubon. Ŝiaj okuloj brilis pro ĝojo, ne pro la afero mem, ĉar en ĉi tiu momento ŝi apenaŭ pensis pri la kompatinda Alico, sed pro la laŭdo, kiun ŝi ricevis el lia buŝo kaj pri kiu ŝi sentis, ke ŝi vere meritis ĝin. La unuan fojon en sia vivo ŝi faris ion, kio superis la kapablojn de bonsocieta sinjorino: pentri, brodi, muziki ktp. Kiam li tiam kun iom rimarkebla malŝato parolis pri la neagemo de vera amerikanino de la pli bonaj klasoj kontraŭe al la senĉesa laboremo de germana dommastrino, en ŝia animo restis kvazaŭ pikilo, de kiu ŝi nur nun sentis sin liberigita.

"Nun ankaŭ mi volas raporti al vi, kion mi intertempe faris", li daŭrigis. "Unue mi konvinkis min, ke en la akceptsalono de mia pensiono, kiel la ĉambristino diris, staras vira kaj virina portretoj unu apud la alia sur la kameno. Dum mi rigardis ilin, eniris sinjorino, kiu prezentis sin al mi kiel sinjorino Broughton, posedantino de la pensiono. Ŝi ne estis bela, sed antaŭ kelka tempo ŝi certe estis tre interesa sinjorino.

'Vi rigardas la fotografaĵojn tie, ĉu ne?' ŝi demandis.

'Jes. La simileco de sinjoro Jameson estas bonega, sed al fraŭlino Burke la hararanĝo, kiun ŝi nun havas, ŝajnas konveni al ŝi ankoraŭ pli bone ol tiu, kun kiu ŝi estas fotografita.'

'Ho, ĉu vi konas ambaŭ, sinjoro?'

'Kompreneble, ni ofte estis kune en Chicago.'

'Kiel Ellen fartas tie?'

'Dankon, laŭŝajne ŝi fartas tie tre bone, se oni ne konsideras tion, ke la onklo de sinjoro Jameson ne emas morti.'

'Ankaŭ mi deziras, ke tio fine okazu, ĉar nur tiam mi definitive povos preni sur min la pensionon ĉi tie. Ĝis tiam mi nur administras ĝin por Ellen. Cetere, sinjoro Jameson diris al mi, ke lia onklo estas tre malsana.'

'Ankaŭ mi aŭdis tion.'

'Espereble la maljuna viro ne plu longe vivos; li ja ne plu povas atendi ĝojon pri la vivo.'

'Kaj lia morto feliĉigus tri aliajn: vin, fraŭlinon Burke kaj Jameson-on. Cetere, ĉu vi eble povas doni al mi konsilon, sinjorino Broughton?'

'Volonte, se tio estas en mia potenco.'

'Fraŭlino Burke petis min, kunporti al ŝi ion tre belan. Kion oni elektu? La objektojn, kiujn oni tiakaze ĝenerale kutimas kunporti al sinjorino: bronzaĵojn, galanteriaĵojn, juvelaĵojn ktp., ŝi posedas en abundeco.'

'Jes, estas vere malfacile trovi ion konvenan. Kian sumon vi intencas elspezi por la koncerna objekto? Tion oni unue devus scii!'

'Du ĝis tri pundoj verŝajne sufiĉos.'

'Ho certe! Hm! Ĉu eble fingroringon?'

'Vere belan ringon oni apenaŭ ricevos por tiu prezo, kaj mezkvalitan mi ne deziras donaci al ŝi.'

'Ĉu eble medalionon, porteblan kiel alpendaĵon?'

'Por tio oni bezonas bildon kiel enhavon. Sed tio instigas min al ideo! Kiel estus, se mi ĉe bona fotografisto pligrandigus ĉi tiujn bildojn, ŝian propran kaj tiun de Jameson, kaj kunportus ilin al ŝi?'

'Pri tio ŝi certe tre ĝojus!'

'Ĉu por tiu celo vi volas konfidi al mi la bildojn por mallonga tempo?'

'Kompreneble, tre volonte!'

'Tiukaze mi nun tuj iros kun ili al fotografisto. Ĉu vi povas rekomendi al mi iun, kiu bone laboras?'

'La fotografisto, kiu faris ĉi tiujn bildojn, loĝas nur kelkajn domojn de ĉi tie. Lia nomo estas Lamberts. Ĉar li estas multe okupata, li certe havas ankaŭ aparatojn por pligrandigoj.'

'Tion mi tuj konstatos.' Prenante la bildojn kun la kadroj kaj metante ilin en mian poŝon, mi adiaŭis de sinjorino Broughton kaj iris al la fotografisto. Kiam mi estis informinta lin pri mia deziro, li diris, ke li verŝajne havas ankoraŭ kelkajn aliajn bildojn de la du personoj, ĉar li kutimas, ĉiam fari plurajn fotografaĵojn, por ke oni povu elekti tiun, kiun oni deziras kopiota. Tiel efektive estis. Ĉar mi komisiis lin pri la pligrandigo kaj anticipe pagis unu pundon, li eĉ ne iom kontraŭstaris lasi al mi la aliajn, por li ne plu valorajn fotografaĵojn. Jen ili estas!"

Li tiris kvar fotografaĵojn el la poŝo kaj montris ilin al Edito.

"Jen estas Jameson, la simileco estas perfekta," ŝi ekkriis, montrante al du el la bildoj. "Kaj jen – do certe fraŭlino Burke. Ankaŭ ĉi tiun vizaĝon mi jam vidis, sed ĉe kiu okazo, mi nun absolute ne plu scias! Tio ja verŝajne ne estas grava, ĉu ne?"

"Nenio ĉe tia esploro estas tiel malgrava, ke ĝi ne povus fariĝi treege grava!" von Merten rediris ridante. "Havu la afablecon tre intense mediti pri tio. Verŝajne estis en Chicago, ĉar en alia loko, krom via lasta restado en Teplitz, vi supozeble neniam renkontis Jameson-on, ĉu ne?"

"Certe ne!"

"Do, plej verŝajne vi vidis ŝin en Chicago, ĉar ŝi certe estis kune kun li, alie la bildo ne estus frapinta vin tiel, ke vi ankoraŭ nun memoras pri ŝiaj trajtoj. En societo, ĉe konatoj la renkonto verŝajne ne okazis, ĉar, kiam mi unue diris al vi ŝian nomon, post kiam la telegramo estis alveninta, vi ne memoris pri la nomo. Laŭ la esploroj de Killaney ŝi nur la 2an de Decembro pasintjara vojaĝis al Chicago. Kiaj societaj aranĝoj, ĉe kiuj vi povus esti renkontinta ŝin, okazis inter komenco de Decembro kaj fino de Januaro, kiam vi forlasis Chicago-n?"

"Jen – mi scias! Estis en kostumfesto aranĝita pro helpo al la bruldomaĝigitoj en Milwaukee! Ŝi dancis kun Franco Jameson, per tio mi rimarkis ŝin!"

"Ĉu ankaŭ sinjorino Smith ĉeestis?"

"Ne, ŝi jam estis en Eŭropo."

"Tion mi supozis. Li zorgeme evitis renkonton inter

ambaŭ. Rigardu la okulojn de fraŭlino Burke. Ili malkaŝas pasian temperamenton. La nomo parolas por irlanda deveno. La irlandanoj estas pli varmegsangaj ol la angloj. Eble ni ankoraŭ bezonos la fraŭlinon. Sed nun, fraŭlina moŝto, ni en London ne plu havas ion por fari. Ĉu vi estas preta forvojaĝi je la sepa horo? Tiam ni havos tre bonan vagonaron kun senpera aliĝo tra Dover kaj Calais al Paris kaj de tie tra Lyon al Nice."

"Kompreneble mi estas preta."

"Do mi venos ĉi tien je la sesa kaj kvarono."

"Bone. Sed antaŭe mi ankoraŭ volas diri al vi, ke vi plenumis vian aferon tre bone. Neniu malnova detektivo povus esti farinta ĝin pli bone!"

Li ridis. Ŝia laŭdo tre amuzis lin. "Mi klopodos ĉiam akiri vian kontenton," li respondis kun ŝajnigita humileco kaj, adiaŭante, foriris.

Antaŭ la forvojaĝo venis al Merten ankoraŭ sendito de Scotland Yard, la polica oficejo, transdonante al li telegramon. En ĝi Kruse sciigis, ke li alvenis en Nice kaj, pro singardo, forlasis la vagonaron en Villefranche, la dua stacio de la fervoja linio al Genova; ke li faris ĉiujn preparajn aranĝojn por observado kaj ke von Merten povos renkonti lin en la ĉefpoŝtejo, proksime de la giĉeto por poŝte restantaj sendaĵoj.

SEPA ĈAPITRO

En Nice von Merten loĝigis Editon en la bele lokita pensiono Durange, kie li mem kutimis loĝi, kiam li venis al Nice. Poste li tuj iris al la poŝtejo, sed Kruse ne estis videbla tie. Merten iris al la policejo. Tie li eksciis, ke Kruse laŭ ordono estis anoncinta sin ĉe la ĉefo de la kriminal-polico kaj ke pere de la komisiita pri la afero oficisto, sekreta agento Dumesnil, inter la poŝtdirekcio kaj Kruse interrilato estis aranĝita tiamaniere, ke Kruse, restante en la vestiblo de la poŝtejo, estu informata per poŝta suboficisto, kiam leteroj por sinjoro Jameson aŭ sinjorino Smith estas postulataj. Ĉi tio ĝis nun ne okazis, ankaŭ leteroj por sinjoro Jameson ne kuŝis en la poŝtejo, sed unu el Dresden por sinjorino Alico Smith.

Merten petis Dumesnil-on, kiun la polica komisaro komplezе disponigis al li, en la poŝtejo atendi je Kruse kaj, kiam ĉi tiu revenos, tuj sendi lin al pensiono Durange, kien von Merten iris por informi Editon pri tio, ke Kruse ne estas trovita.

"Kie li eble estas?" Edito demandis. Post la longa, ja pli grandparte en dormvagono pasigita vojaĝo ŝi estis baninta sin kaj aspektis tre freŝa.

"Mi nur povas konjekti, ke li iamaniere trovis postsignon, kiun li sekvas. Ĉar li telegrafis, ke li estos renkontebla en la poŝtejo, kaj ĉar li estos atendonta min tie, li revenos tien tuj, kiam li opinios rajti fari tion."

"Kaj se li estos okupata pli longan tempon?"

"Tiukaze li certe informos min pere de la ĉi-tiea policejo."

"Sed kiel li povas esti trovinta postsignon, se Jameson ne postulis leterojn?"

Merten suprentiris la ŝultrojn. "Eble helpis lin ia favora hazardo! Ĝis nun ni ja ne povis ĝoji pri tia favoro, kontraŭe, paŝo post paŝo ni devis trabatali nin. Espereble Kruse ne tro longtempe forrestos, ĉar nun, kiam ni mem povos plufari la aferon, mi deziras sendi lin al Wien, por konstati, kiu restadas tie sub la nomo Jameson. Kvankam ĉi tio ja havas nur flankan gravecon, almenaŭ provizore, ĝi tamen ne estas sen intereso."

"Eble Jameson persone anoncis sin tie kaj forvojaĝis, ne malanoncante sin ĉi tie."

"Tio ne estas verŝajna. Viro kiel Jameson ne faras duonan laboron. En Wien li volas certigi al si alibion, tio estas senduba. La polica anoncado sola ne sufiĉus por tio. La homoj, ĉe kiuj li loĝus, kun kiuj li interrilatus, estus esplore aŭskultataj kaj eldirus, ke li restis tie nur tre mallongan tempon. Ne ne, tiajn aferojn Jameson ne faras. Li sendis, pri tio mi ne dubas eĉ unu momenton, al Wien iun, kiu tre similas al li aŭ al kiu li havigis ĉi tiun similecon per iuj rimedoj, por tie vivi kiel Franco Jameson, ĝis kiam la afero ĉi tie estos finita. Sed mi esperas, ke ĝi estos finata en maniero, kiun li ne atendas kaj kiun li ŝajne por ĉiuj okazoj provas eviti. Estas tre frapante, ke li, kiel ni scias per Pinkerton, igas postsendi siajn leterojn ĉi tien, kaj nun ne demandas pri ili aŭ, pli vere, ke ĉi tie la leteroj ne alvenas."

"Eble efektive ne alvenis korespondaĵoj por li."

"Tio estas apenaŭ kredebla. Adelo Burke, la ŝajne tre pasia juna fraŭlino, kiu amas lin tiel, ke pro li ŝi lasis sian profitodonan pensionon en London al amikino por administrado kaj sekvis lin al Chicago, certe ne lasas lin tiel longe sen sciigo. Ne, ne, tio havas alian kaŭzon!"

"Sed kian?"

"Ne tre verŝajne, tamen eble, estas, ke la agento de Pinkerton estigis suspekton ĉe fraŭlino Burke, kiu instigis ŝin sendi la korespondaĵojn al Jameson sub alia adreso. Eble li mem estis tiom singardema, ke li postulis tion. La telegramo de Pinkerton diras nur, ke Jameson igas postsendi al si siajn poŝtaĵojn ĉi tien, sed ne, ke tio okazas sub lia nomo. Se Pinkerton estus eksciinta ion certan pri tio, li sendube estus aldoninta tion en sia telegramo."

"Kion vi nun intencas fari?"

"Unue mi volas uzi la momentan liberan tempon ĝis la reveno de Kruse, kiu certe ne plu longe forrestos, por redakti mallongan raporton al la prokuroro, por ricevi arestordonon kontraŭ Jameson. Sen tia ordono mi ne povas entrepreni ion ĉi tie."

"Ĉu vi ne senplue[27] povas aresti lin, se vi renkontas lin?"

"Ne, en eksterlando ne. Tion povas nur la polica estraro de la koncerna lando, kaj la franca kaj la itala policoj – ni ja ankoraŭ ne scias, ĉu ni renkontos lin en la franca aŭ la itala parto de Riviero – en ĉiu okazo devigite estas duoble singardemaj, ĉar temas pri amerikano, kiu en okazo de arestiĝo alvokus la protekton de sia konsulejo. Li eĉ ne povas esti elliverata al Germanlando, antaŭ ol la registaro de Usono konsentis pri tio."

"Tio estas tre malsimpla!"

"Certe, sed mi ne rajtas agi alimaniere."

"Sed kio okazos, se Kruse forrestos pli longan tempon?"

"En ĉi tiu okazo li certe informus min. Se li ne sukcesis, restos al ni ankoraŭ du ŝancoj."

"Kiuj?"

"Se Jameson volas atingi sian celon, li ie devas anonci fraŭlinon Woodwell sub la nomo Alico Smith. Ŝi devas konatiĝi kun la kuracisto, kiu kuracos ŝin, sub ĉi tiu nomo. Nur malmultaj lokoj ĉi tie estas konsiderindaj: San Remo – ke Jameson iris tien, mi ne kredas, kiel mi jam diris, ĉar doktoro Beads rekomendis ĉi tiun lokon – Mentone, Ospedaletti, Bordighera kaj Cannes. En unu el ĉi tiuj lokoj, kiuj taŭgas por kuraco al ftizuloj, sinjorino Alico Smith aŭ, pli vere, la sub ĉi tiu nomo montriĝanta fraŭlino Woodwell estos trovebla."

"Tio estas tre verŝajna. Kaj la dua ŝanco?"

"Vi diris, ke Jameson estas ludisto. Se tio estas vera, li certe ne preterlasos la okazon por provi sian feliĉon en Monte Carlo. Tie ni renkontos lin."

"Ankaŭ tio estas tre verŝajna. Nu, tiukaze ni do ne bezonas forlasi la esperon trovi lin."

"Ĉi tiu tasko, kiom temas pri Monte Carlo, alfalos sole al vi."

"Mi estas kontenta povi fari ion."

"Sed tre facila ankaŭ tio ne estas. Certe li provis ŝanĝi sian eksteraĵon. Al tio montras, ke li skribis al vi, ke amiko de la patro de sinjorino Smith akompanas ŝin. Tio sendube devas esti iom maljuna sinjoro."

"Ho, mi estas certa ekkoni lin sub ĉia masko."

"Des pli bone. Mi nun iros, por skribi mian raporton. Povas esti, ke ni baldaŭ bezonos la arestordonon."

"Ni esperu! Ĉu intertempe mi povas fari ion?"

"Por la nuna momento ne. Rigardu iom la urbon, faru promenadon sur la Monte Betton, de kiu oni ĝuas belegan perspektivon, ĉe klara aero ĝis Korsiko, aŭ ripozu iom."

"Ĉi tio ne estas necesa, mi sentas min tute ne lacigita."

"Des pli bone. Post du horoj mi estos fininta mian laboron!"

"Tiam mi venos al vi. Ĝis la revido!"

"Ĝis revido!"

Merten iris en sian ĉambron, post kiam li estis dirinta al sinjorino Durange, pri kies diskreteco li povis fidi, ke nek li nek lia akompanantino bezonas esti anoncata al la polico. Sinjorino Durange konis lian oficialan karakteron kaj sciis, ke ŝi rajtas obei lian deziron. Ĉiukaze estis pli bone, ke nek la nomo de fraŭlino Mac Kennon, nek la lia aperis en la listo de fremduloj, ĉar ne estus maleble, ke Jameson travidus la liston, por ekscii, ĉu iu, kiun li konas, estus alveninta.

Ankoraŭ antaŭ ol von Merten estis fininta sian raporton, Kruse eniris lian ĉambron. Anoncante al la oficisto ĉe la giĉeto por restantaj poŝtaĵoj sian revenon, Kruse estis ekscinta, ke oni demandis pri li, kaj li estis sendita al Dumesnil, al kiu Merten estis doninta sian adreson.

Kruse ne havis sukceson, tion von Merten vidis je lia vizaĝo.

"Nu, Kruse, kio nova okazis?"

"Bedaŭrinde nur tre malmulta, sinjoro kriminal-komisaro. En la mateno de mia alveno mi iris, kiel vi estis ordoninta al mi, al la polica direkcio kaj petis pri helpo. Agento iris kun mi al la poŝtejo, kaj tie estis interkonsentate, ke mi, atendante en la vestiblo, estu informata de la oficisto, kiu eldonas la poŝte restantajn leterojn, kiam letero por sinjoro Jameson aŭ sinjorino Smith estas postulata. Sed tio okazis nek hieraŭ nek antaŭhieraŭ. Hodiaŭ matene mi staris ĉe la fenestro, apud la enirpordo, kaj elrigardis, ĉar nur malmultaj personoj estis en la vestiblo kaj ĉe la giĉeto por poŝte restantaj leteroj neniu. Subite mi rimarkis, kiel iom maljuna sinjoro, elegante vestita, mansigne alvenigis komisiiton kaj donis al li papereton, kun kiu la komisiito eniris la poŝtejon. Li donis la papereton — James Ber.....kaj ankoraŭ kelkaj sekvantaj literoj staris sur ĝi — en la giĉeton kaj poste ricevis ĝin kune kun dika letero, sur kiu troviĝis amerikaj poŝtmarkoj. Mi sekvis la komisiiton en certa distanco, ĉar mi pensis, ke tio estas suspektinda afero. Kial la sinjoro ne mem akceptas sian leteron?"

"Tre prave."

"Ankoraŭ pli suspektinde estis, ke, kiam ni eliris, la sinjoro ne plu staris antaŭ la poŝtejo, kie li estis doninta la papereton al la komisiito. Ĉi tiu evidente ne sciis, kion fari. Sendecide li restis staranta, havante la leteron en la mano. Mi kaŝis min en domenirejo, el kiu mi povis observi lin. Nur post proksimume dek minutoj, kiam mi jam pripensis, ĉu mi eble iru al la komisiito kaj sub ia preteksto provu ekscii la adreson de la letero, la sinjoro eliris el cigarejo kaj, post kiam li singardeme estis ĉirkaŭrigardinta al ĉiuj flankoj, li aliris la komisiiton, akceptis sian leteron, donis al la komisiito lian monon kaj rapidpaŝe foriris en la direkto al la Rue de la Gare. Mi sekvis lin singardeme. Li iris ĝis Place Masse, saltis en aŭtomobilon, kiu staris sur la placo, kaj tuj rapidege forveturis."

"Ĉu estis aŭtomobilfiakro?"

"Ne, privata aŭtomobilo. Aŭtomobilfiakro bedaŭrinde ne estis havebla. Mi prenis alian fiakron kaj ordonis al la veturigisto, kiel eble plej rapide sekvi la aŭtomobilon. Li ja faris sian plej eblan, sed proksime de la Rouba Capeau ni perdis la aŭtomobilon el la vido. Ŝajne ĝi veturis laŭlonge de la Rue Litterale, kiu kondukas al Villefranche. Mi veturis tien kaj demandis policanon, ĉu antaŭ ne longe aŭtomobilo pasis. Li jesis tion, same kolego de li ĉe la kontraŭa ekstremo de la urbeto. Mi pluveturis al Eze. Sed tie neniu sciis ion diri al mi. Tro multe demandi mi ne volis, por ne ekestigi suspekton, se la persekutito loĝus tie. Mi reveturis, eksciis, ke vi estas ĉi tie, kaj venis ĉi tien."

"Vi faris, kion vi povis fari, Kruse; mi estas tute kontenta pri vi. Nun rigardu ĉi tiun fotografaĵon" — von Merten prenis la kunportitajn el London bildojn de Jameson el la poŝo — "kaj diru al mi, ĉu vi trovas similecon inter la portretoj kaj la sinjoro persekutita de vi."

Kruse plej detale rigardis la bildojn. "Simileco sendube ekzistas", li poste diris, "eĉ tre granda. Nur la viro, kiun mi persekutis, aspektis multe pli maljuna".

"Tion mi supozis! Priskribu lin al mi kiel eble plej precize".

"Li estis proksimume 180 centimetrojn granda, tre larĝoŝultra, havis altan, larĝan frunton, nur malmulte kovritan per la posten ŝovita ĉapelo, grandan, sed mallarĝan kaj forte kurbiĝintan, tielnomatan aglonazon, rondan vizaĝon, freŝan vizaĝokoloron, grize miksitan vangobarbon, kian la angloj kutimas havi, oran nazumon, nigran, rondan ĉapelon, pizoflavan, butonumitan surtuton, altan blankan kolumon, ruĝan kravaton, malhele-grizajn pantalonojn, kanbastonon kun ora kapo."

"Vi tre bone atentis, tion oni devas diri. Sed nun demandon treege gravan: Ĉu vi konsideras ĝin ebla, ke Jameson rimarkis, ke vi observas lin?"

"Mi ne kredas, ke tio povis esti."

"Lia rapida malapero ŝajnas al mi suspektinda. Sed ni baldaŭ vidos, kiel staras la afero. Je sia poŝtkarto al Dresden li devas atendi respondon de fraŭlino Mac Kennon ĉi tie. Ke li hodiaŭ ankoraŭ ne demandis pri ĝi, ree estas pruvo por lia tro granda singardemo. Se li nur iel fariĝis suspektema, li pli bone ne faros pliajn demandojn pri la respondo, ol ke li elmetos sin al la danĝero de malkaŝo. Se li ne havas suspekton, li morgaŭ denove igos demandi pri leteroj por sinjorino Alico Smith. Ĉi tio estas pli verŝajna. Do estos bone, se vi morgaŭ ree okupos vian postenon antaŭ la giĉeto."

"Ĉu hodiaŭ ne plu?"

"Hodiaŭ li certe ne revenos. Unue li plej verŝajne lasos pasi iom da tempo, por nur tiam denove aperi sur la scenejo, kiam li sentos sin tute sekura. Tio ne domaĝas. Antaŭ ol ni ne havos la arestordonon, kiun mi postulas per ĉi tiu skribaĵo, ni ja ne povos procedi kontraŭ li. Espereble ni sukcesos ĝis tiam povi konstati lian restadejon. Ĉar intertempe vi ne havos ion por fari, iru al la polico kaj diru tie, ke mi petas, ke oni demandu, kompreneble telegrafe, ĉu en Cannes — notu al vi la lokojn! — Mentone, Ospedaletti, Bordighera aŭ San Remo estas anoncita sinjorino Alico Smith. Tuj kiam okazos tia anoncado, ĝi estu telegrafe komunikata ĉi tien. Ĉiu telegramo estu forsendata kun respondo pagita, la sumon por tio deponu. Ĉu vi ĉion precize komprenis?"

"Jes, sinjoro kriminal-komisaro!"

"Bone, plenumu ĉi tiun komision."

Kruse foriris, kaj von Merten finis sian raporton. Poste li ekbruligis sian pipon kaj profunde ekmeditis.

Ju pli longe ĉi tiu afero estas en liaj manoj, des pli li ekkonas, kun kia malofta ruzeco kaj singardemo lia kontraŭulo agas. Ke Jameson ĝis la lasta momento konservos ilin, precipe, se la observado de Kruse iel suspektemigis lin, estas supozeble kun certeco. Aliflanke li tute ne povas eviti anonci fraŭlinon Woodwell sub la nomo de Alico Smith. Nur se li faras ĉi tion, li poste povos ricevi la oficialan primortan ateston, kiun li nepre bezonos, por ricevi la asekuran sumon. Sed sufiĉas ankaŭ, se li faras la anoncadon nur en la lasta momento, ĉar li certe posedas la legitimaĵojn de Alico Smith. Kaj tamen, por plene pruvi la kulpon de Jameson, estas ankaŭ grave, ke fraŭlino Mac Kennon konstatu per la morto de tiu, kiun li volis montri kiel sinjorinon Smith, ke ĉi tiu ne estas Alico Smith, sed Katarino Woodwell. Por ĉi tiu celo Edito devas esti interrilatigata kun fraŭlino Woodwell. Sed doktoro Beads diris, ke la malsanulino vivos nur ankoraŭ tre mallongan tempon. Do, rapideco estas urĝe necesa!

Li ne dubis pri tio, ke Jameson sidas en Monte Carlo ĉe Roulette aŭ Trente-et-Quarante kaj ludas. Sed serĉi lin tie kaj poste persekuti lin, estis riska afero kaj facile povus konduki al malkaŝo. Sed Merten estis devigita eviti katastrofon tiel longe, ĝis kiam li havos la arestordonon en la mano. Ĝis tiam certe pasos ankoraŭ du ĝis tri tagoj!

Por kiel eble plej rapidigi la aferon, von Merten skribis ankoraŭ telegramon al la prokuroro kun jena enhavo: "Murdisto de nekonata kadavro en arbaro de Altburg estas Franco Jameson el Chicago, nun en Riviero. Petas urĝan arestordonon al polica direkcio Nice, por mi. Nepra diskreteco ankoraŭ necesa."

Ĉi tiun telegramon li persone portis al la telegrafejo. Revenante li trovis en la salono de pensiono Durange Editon atendantan lin.

Li raportis al ŝi pri la malsukceso de Kruse kaj pri la paŝoj, al kiuj ĝi instigis lin.

"Estis antaŭvideble, ke viro ruza kiel Jameson ne senplue[27] lasus sin trovi", li finis, post kiam li estis klariginta al ŝi ankaŭ la necesecon, ankoraŭ antaŭ la morto de Katarino Woodwell interrilatigi ŝin kun ĉi tiu. "Mi eĉ devas timi, konsiderante la preskaŭ tro grandan singardemon de tiu ruzega kaj nenion timanta amerikano, ke malsukcesos ankaŭ la provo veni sur lian kaj ŝian postsignojn per la anoncado de sinjorino Alico Smith; tiam restos nur la riska rimedo serĉi lin en la ludĉambrego."[26]

"Kial vi nomas ĉi tiun rimedon riska?"

"Ĉar nur vi sola povos esplori lin kun certeco. Kruse same povus fari tion, post kiam li, kiel rezultas el lia personpriskribo, tre precize observis Jameson-on. Sed se Jameson estus rimarkinta la observadon, Kruse tuj estus rekonata de li, kaj per tio okazus la alarmo, kiun ni ankoraŭ devas eviti. Mi vidis nur la fotografaĵon, ne Jameson-on mem; pro tio mi kompreneble ne povas garantii, ke mi sukcesus rekoni lin sub la nuna masko. Ĉi tio estas eĉ tre neverŝajna. Kaj vi, rekonate de Jameson, en apenaŭ malpli granda mezuro ol Kruse vekus lian suspekton."

"Mi ja povus min dense vuali."

"Tio ne estas permesita en la ludĉambregoj, kie societa tualeto estas postulata, kaj kaŭzus ankaŭ ĝeneralan miron."

"Ĉu estus eble, observi lin ĉe lia eniro en la ludĉambregojn?"

"Tio estus malfacila kaj danĝera, ĉar, antaŭ ol li eniras la ludejon, lia atento ankoraŭ tute estas dediĉata al la aplikotaj de li singardrimedoj, dum poste ĝi grandparte estos okupata per la ludo. Sed vi encerbigis al mi ideon! Maldekstre de la ĉefenirejo, kontraŭe al tiu en la koncert- kaj teatroĉambregojn, troviĝas giĉetejo por eldono de specialaj enirkartoj. La ejo havas fenestron kun kradaĵo, tra kiu oni povas vidi ĉiujn personojn pasantajn la grandan portalon, ne estante vidata de ili. Eble ni povos eniri la rezervitan ejon."

"Tio estus certe tre utila"

"Ni devas provi ĝin. La oficistoj de la ludejo ja ne senplue[27] konsentos, sed mi esperas, ke mi sukcesos cedigi ilin. Ankaŭ restas al ni ankoraŭ ĉiam la espero pri la anoncado. Tamen mi konfesas, ke ĉi tiu espero tre malfortiĝis ĉe mi, post kiam mi vidis, kiel eksterordinare singardeme Jameson procedas."

"Sed vi mem ja diris, ke li ne povas eviti la anoncadon, ne riskante malatingi sian celon, la elpagon de la asekura sumo al si."

"Tre prave. Sed, estante en lia situacio, mi dirus al mi, ke por la kazo, ke oni en mi estus trovinta la krimulon, la anoncado estus la plej certa rimedo, por venigi la persekutantojn sur mian postsignon. Aliflanke ĝi estas nepre necesa. Kion mi farus? Mi ne okazigus la anoncadon en la kuracloko mem, sed en apuda malgranda kamparkomunumo. Tiaj ekzistas sufiĉe multaj ĉi tie, kaj ili estas provizitaj per vilaoj destinitaj por akcepto al kuracotoj. Lui tian vilaon ja ne estas malmultekoste; sed unue, laŭ la diroj de doktoro Beads, tio estas necesa nur por mallonga tempo, kaj due Jameson ŝajnas esti provizita per sufiĉe da mono, devenanta aŭ de la murditino aŭ de fraŭlino Burke, kiu verŝajne disponigis al sia estonta edzo sian monujon."

"Antaŭ sia forveturo el Teplitz Alico tie elpagigis al si per sia kreditletero sufiĉe grandan sumon, senpere antaŭ la alveno de Jameson. Mi estis kun ŝi en la bankejo kaj vidis, ke ŝi ricevis dikan paketon da centkronaj monbiletoj."

"Estis antaŭvideble, ke ankaŭ ĉi-tiurilate Jameson antaŭzorgus."

"Ĉu oni eble povus demandi pri la anoncado ankaŭ la estrarojn de ĉiuj ĉirkaŭaj komunumoj?"

"Tio unue postulus tre multe da tempo kaj due ne estus tute senriska. Tia vilaĝestro ĝenerale ne kutimas severe gardi la ofican sekreton. La afero povus esti priparolata de li kun aliaj personoj kaj tiamaniere ankaŭ Jameson povus sciiĝi pri ĝi. Sed mi emas opinii des pli, ke li uzis ĉi tiun rimedon, se mi konsideras, ke por la veturo ĉi tien li uzis privatan aŭtomobilon kaj ne aŭtomobilfiakron. La iom grandaj kuraclokoj havas fervojan stacion, kaj uzante la fervojon, li pli rapide atingus sian celon. Sed el apuda loko la uzado de aŭtomobilo estas pli praktika ol tiu de la fervojo. Grava por ni nun estus la konstato, ĉu li nur escepte uzis la aŭtomobilon unu fojon aŭ daŭre ĝin uzas."

"Pro kio?"

"Se li konstante uzas la aŭtomobilon, tio pruvas, ke lia nuna loĝejo troviĝas en ne tro granda distanco de ĉi tie. Tiukaze nur la franca parto de Riviero, eble ankaŭ la senpere apuda teritorio de Itallando estus konsiderindaj. Kvankam la tieaj esploroj pri sinjorino Alico Smith ja postulus sufiĉe multe da tempo, ili tamen ne estus tiel malfacilaj kiel esploro etendiĝanta tra la tuta Riviero."

"Kaj kiamaniere vi volas konstati, ĉu li konstante uzas aŭtomobilon?"

"Per observado en la kazino de Monte Carlo, se ĝi estas efektivigebla en la priparolita maniero post la kradigita fenestro. Mi baldaŭ veturos tien. La fervoja komunikado inter Nice kaj Monte Carlo estas tre ofta."

"Ĉu vi volas kunvenigi min?"

"Mi tre volonte faros tion, se vi dense vualos vin kaj ne eniros la ludĉambregojn. Hazardo povus efiki, ke Jameson vidus nin; ĉiucirkonstance ni devas eviti, ke li rekonos vin."

"La ludĉambregojn mi jam konas de pli frua vizito, kiu kostis al mi kelkajn milojn da frankoj. Mi ne sopiras pri la ludado. Kontraŭ la vualado mi kompreneble neniel protestas; sed ĉu ĝi ne mirigos?"

"Ne tiukaze, se ni ankaŭ uzos aŭtomobilon. Sur la placo Massena ĉiam staras tiaj. Ankaŭ Kruse povos kunveturi.

Jam de longe li devas esti reveninta de la telegrafoficejo kaj supozeble jam atendas min en mia ĉambro."

"Pro kio li kunveturu? Ĉu Jameson ne povus rekoni lin?"

"Kruse povas forlasi la aŭtomobilon en Condamine, la malgranda loko inter Monaco kaj Monte Carlo, kaj la lastan parton de la vojo iri piede, por poste renkonti nin en la malgranda botanika ĝardeno inter la kazino kaj la banko Crédit Lyonnais. Tie la ludantoj ne promenadas. Se ili foje volas ĉerpi freŝan aeron, ili iras sur la grandan terason etendiĝantan al la maro aŭ en la apudajn ĝardenaĵojn. Kruse povos iom vagadi en la aŭtomobilejo de l' Granda Hotelo de Paris kaj en ties ĉirkaŭaĵo, por vidi, ĉu li eble rekonos la aŭtomobilon, en kiu Jameson forveturis."

"Tio estas tre bona ideo. Mi do pretigos min; post kvaronhoro mi revenos ĉi tien."

Merten reiris al sia ĉambro, kie Kruse efektive jam atendis lin. Ĉi tiu transdonis al li intertempe alvenintan telegramon, kiu tekstis: "Alico Smith ne anoncita ĉi tie." La urbestro de Mentone estis respondinta tiel akurate.

"Iru rapide al la Rue de la Gare, Kruse", diris von Merten, "kaj aĉetu tie por vi la kostumon de aŭtomobilisto: kaŭĉukajn mantelon kaj ĉapon kaj aŭtomobil-okulvitrojn. Tuj post kiam vi havos ĉi tiujn objektojn, revenu ĉi tien kaj atendu min sur la placo Massena ĉe la aŭtomobilfiakroj."

"Laŭ ordono, sinjoro kriminal-komisaro!"

Kvaronhoron poste von Merten ankaŭ veturis tien kun Edito, kaj baldaŭ la tri preterveturis la havenon, laŭlonge de la Rue Litterale al Monte Carlo. Kiel interkonsentite, Kruse, kiun Merten dum la veturo estis informinta pri lia tasko, forlasis la aŭtomobilon en Condamine, kaj la du aliaj veturis al la kazino.

Merten donis al la pordisto sian vizitkarton kaj postulis paroli kun la deĵoranta inspektoro. Al ĉi tiu li esprimis sian deziron.

"Mi tre bedaŭras, ke mi ne povas servi al vi en la dezirita maniero", respondis la inspektoro. "Tio povus ekestigi miron, kaj ĝin eviti mi devas klopodi en la intereso de la Société Anonyme des Bains de Mer de Monte Carlo."

"La miro estus pli granda, se mi, kiam mi estos trovinta mian viron sen via helpo, arestus lin en la ludĉambrego."

"Ni ne enlasus vin en la ĉambregon; ĉi tie ni havas la domrajton[28]."

"Ne kontraŭe al la polico[29], kiu volas aresti krimulon, gravan krimulon. La policanoj de la princlando estas devigitaj helpi min, kaj estiĝus tre malbonaj sekvoj, se via policestro rifuzus al mi ĉi tiun helpon."

"Ĉu vi havas arestordonon?"

„Kompreneble!"

"Bonvolu montri ĝin al mi."

"Mi gardos min fari tion. Por malebligi al mi la arestadon, vi avertus la krimulon, kaj mia tasko malsukcesus."

La embaraso de la inspektoro, kiun li vane provis kaŝi, pruvis, ke Merten estis ĝuste konkludinta.

"Mi volas proponi al vi kompromison, kiu konsideras viajn kaj ankaŭ miajn interesojn", li diris al la inspektoro. "Vi cedas al mia deziro, kaj mi promesas al vi, ke mi ne arestos la krimulon sur la teritorio de l' princolando, sed nur, post kiam li estos forlasinta ĝin."

"Tio estas akceptebla. Tamen mi preferas informi sinjoron la direktoron pri la afero. Bonvolu atendi unu momenton, mi tuj venigos lin."

"Ankoraŭ unu rimarkigon! Nur en la plej ekstrema kaj plej malverŝajna okazo, ke la serĉato loĝus ĉi tie kaj por longa tempo ne transpaŝus la limojn de la princolando, mi tamen devus aresti lin sur ĝia teritorio. Sed por ĉi tiu tre neverŝajna okazo mi promesas, ke mi entreprenos la arestadon nur dum la nokto kaj evitante ĉian bruon."

"Tio certe sufiĉos. Unu momenton, mi tuj revenos kun sinjoro la direktoro."

Edito, kiu kompreneble scipovis la francan lingvon kaj kun streĉita atento estis aŭskultinta la en ĝi faritan interparolon, gratulis la kriminaliston pro lia energia konduto. Antaŭ ol li povis respondi, la pordo malfermiĝis, kaj la inspektoro revenis, akompanate de elegante vestita sinjoro, kiu en la butontruo havis la rubandon de la "honora legio". La inspektoro prezentis lin kiel sinjoron la direktoron.

"Kompreneble, mia kara komisaro, mi konsentas pri via propono", la direktoro diris per la parolflueco de vera sudfranco. "En ĉiu dezirita maniero mi cedos al vi, ĉar vi promesis eviti ĉian bruon. Tio ja kompreneble estas necesega kondiĉo, en la intereso de nia entrepreno. Bedaŭrinde ni ne povas eviti, ke ĉi tie sin montras homoj, kiuj pli bone forrestu; sed ni estas tre dankaj al vi, se vi liberigos nin de tiaj."

Merten ridetis. Li pensis, ke al tiu privilegiita ekspluatsocieto bonege konvenas viro kiel Jameson. Kompreneble li gardis sin elparoli ĉi tiun penson. Li diris nur, ke Edito, kiun li prezentis kiel fraŭlinon Brown, havus la afablecon, preni sur sin la observadon al la persone de ŝi konata krimulo, kaj li interkonsentis kun la direktoro, ke la venontan matenon je la 10a kaj tri kvaronoj, do kvaronan horon antaŭ la ĉiam je la 11a okazanta komenciĝo de la ludado, ŝi okupu sian lokon post la kradigita fenestro.—

"Kial ne tuj hodiaŭ vespere?" Edito demandis, kiam ili estis forlasintaj la kazinon kaj iris al la botanika ĝardeno, en kiu ili volis renkonti la suboficiston Kruse.

"Ĉar Jameson, se li estas en la ludĉambrego, verŝajne ne forlasos ĝin antaŭ la oficiala fino. Ne estas necese, ke vi tiel longe sidu tie."

"Tio estas ĝusta. Mi ja esperas, ke ankaŭ en alia rilato mi povos fari tie tre interesajn observojn, sed por tio ankaŭ morgaŭ estos sufiĉe da tempo. Cetere, tie venas Kruse!"

"Se mi ne tre eraras", Kruse raportis, "la aŭtomobilo, en kiu Jameson forveturis el Nice, nun estas en la garaĝo de St. Romain."

"Ĝi estas la malgranda, al Monte Carlo aliĝanta loko oriente de ĉi tie, ĉu ne?"

"Tre prave, sinjoro kriminal-komisaro! Mi interparolis kun aŭtomobilisto, kiu ankaŭ havis sian aŭtomobilon tie kaj purigis ĝin. Ĉe tio mi iom helpis lin, kompreneble nur tiamaniere, ke li ne rimarku mian nescion pri tia afero. De li mi eksciis, ke tiu alia aŭtomobilo ĝenerale ĉirkaŭ la unua horo alvenas kaj vespere mallonge antaŭ la 11a forveturas al Monte Carlo, por akcepti sinjoron, kiu por sufiĉe longa tempo luis ĝin. Kien ĝi poste veturas, la aŭtomobilisto ne sciis. Li diris al mi ankoraŭ, ke la aŭtomobilisto de tiu veturilo dum la vespero ĉiam sidas en Brasserie moderne. Sed mi unue preferis demandi, ĉu mi iru tien kaj provu venigi lin kun mi."

"Ne, tion ne faru. Sed diru al nia aŭtomobilisto, ke ankaŭ li je la 11a vespere estu en Monte Carlo kaj direktu sian veturilon tiel, ke ĝi, se iel eble, stariĝu senpere post tiu, kiun vi konsideras kiel aŭtomobilon de sinjoro Jameson. Kiam Jameson eniros en ĉi tiun, vi postveturu lin en ioma distanco, sed ne tro longe. Poste, en iu loko aŭ ĉe vojkruciĝo, vi flankeniĝu kaj revenu al Nice, por raporti al mi."

"Laŭ ordono, sinjoro kriminal-komisaro!"

"Sed unue ni volas preteriri la garaĝon, kaj ĉe tiu okazo montru al mi la aŭtomobilon, pri kiu la afero estas."

Ili iris al St. Romain. "Kial Kruse ne sekvu la postsignon ĝis la fino?" fraŭlino Mac Kennon demandis.

"Ĉar tiam ni riskus veki la suspekton de Jameson", von Merten respondis. "Tian kontraŭulon oni devas trakti kun la sama singardemo, kiun li mem aplikas. Morgaŭ vespere Kruse estu sur la loko, kie li hodiaŭ finos la persekuton, denove komencu kaj daŭrigu ĝin, eble ankaŭ ĝis la fino. Tiamaniere ni ja iom pli malrapide, sed des pli certe atingos la celon."

Pretervagante la garaĝon, von Merten longe rigardis la veturilon, kiun Kruse montris al li.

"Ĉu vi nun rekonos ĝin?" Edito demandis, kiam ili estis preterpasintaj.

"El centoj."

"Mi apenaŭ memfidas trovi ĝin inter dek. Kion ni nun faros?"

"Vi unue povas iom manĝi", von Merten turnis sin al Kruse, ne tuj respondante la demandon de Edito, "sed ne en Brasserie moderne, prefere en iu malgranda restoracio. Poste vagadu en la proksimeco de la garaĝo, kaj kiam la supozeble en la servo de sinjoro Jameson estanta aŭtomobilo estos pretigata por la forveturo, zorgu pri tio, ke nia veturilo same estos preta, kaj veturu per ĝi al la kazino, por poste fari, kion mi diris al vi."

"Laŭ ordono, sinjoro kriminal-komisaro!"

Post kiam Kruse estis foririnta, von Merten turnis sin ree al Edito. "Pardonu", li diris, "ke unue mi sendis mian suboficiston al lia posteno; povus esti, ke Jameson pro iu kaŭzo pli frue ol post finiĝo de la ludado deziros veturi hejmen, kaj por tio mi devis fari tiun antaŭzorgon. Nun mi proponas al vi, akompani min al mia preferata loko."

"Volonte. Sajnas, ke vi bone konas Monte Carlo-n."

"Diversfoje mi jam estis ofice ĉi tie kaj havis, same kiel ĉi tiun fojon, sufiĉe da tempo, por ĉirkaŭrigardi en ĉi tiu loko, kies paradizan belecon la maljuna Leblanc, al kiu ĝi apartenis, ĝis kiam ĝi fariĝis akcia societo, ankoraŭ grave pliigis per siaj plantadoj. Miriga ja estas ĉe la brilo de plenluno kaj moviĝanta maro, kiel hodiaŭ, la rigardo de sur la granda teraso, sed mi preferas tamen la silentan loketon, al kiu mi nun gvidos vin."

Ili malsupreniris mallarĝan, flanke de la granda teraso sufiĉe krute malsupren kondukantan vojon, iris malgrandan distancon laŭlonge de la fervoja taluso, poste tra viadukto, kaj nun estis tute proksime al la marbordo, konsistanta ĉi tie el vico da malaltaj, pintaj rokrifoj. Belega vidaĵo prezentiĝis al ili: unu granda ondo post la alia, aspektanta malhele-verda, preskaŭ nigra, kronita de ŝaŭmo, en la lunlumo arĝente brilanta, alruliĝis kaj rompiĝis kun tondrosimila bruo sur la rifoj. Duoble, trioble pli alten ol la elrektiĝinta staturo de Merten la ŝaŭmo ŝprucis al la ĉielo, simile al kaskado el brilantaj perloj, kaj en la plej proksima momento refalis en miloj da akveroj, kaj tio en ŝajne senfina sinsekvo.

Silente ambaŭ staris kelkan tempon unu apud la alia, rigardante la admirindan spektaklon. Subite von Merten sentis, kiel la graciaj fingroj de la juna amerikanino ĉirkaukaptis lian dekstran manon, kore premante ĝin. "Mi dankas vin!" ŝi simple diris.

"Pro kio?"

"Ke vi gvidis min ĉi tien!"

Poste ili antaŭeniris, trans la rifojn, kiuj komence tie, kie nur ĉe fluego la maro povis elkavigi ilin, apenaŭ futalte superstaris la teron, poste, kiam la rifoj fariĝis pli kaj pli altaj, pene pasante inter ili. Merten avertis Editon, petis pri singardo kaj provis helpi ŝin. Sed ŝi ridis pri lia laŭ sia opinio tro granda timo, ĉiam antaŭenirante al la maro, lerte kiel lacerto fleksante sin kaj serpentante; estis vera ĝojo rigardi ŝin kaj observi ŝiajn graciajn movojn. Ŝi estis depreninta sian ĉapelon, por ke la freŝa marvento blove tuŝu ŝian varmiĝintan frunton. Ŝia hararo eble fiksiĝis al elstaranta rokpinto, aŭ ĉe ŝiaj rapidaj movoj eble ĝiaj pingloj malligiĝis: kvazaŭ orbrila fluo la hararo subite ruliĝis sur ŝian dorson, trans la gracie formitan talion, ĝis sur la koksoj. Ridetante ŝi returnis sin al von Merten, kiu restis staranta kaj per artperfektiĝintaj okuloj rigardis la belan bildon, la delikate formitajn trajtojn, plene lumigitajn de la lunlumo, ŝiajn purpurajn lipojn, la malsekete brilantajn okulojn!

Nur kun ekstrema sinregado li povis forteni la sentojn, kiuj ĉe tiu ĉi vidaĵo ekestis en li. Nur unu, du paŝojn li bezonis antaŭeniri, nur etendi la brakon, por altiri al si la virinon, en ĉi tiu momento ekstazige belan, premi ŝin al sia furioze batanta koro kaj pasie kisi ŝin ĝis sufokiĝo. –

"Mi ne rajtas!" li senkonscie diris en raŭka tono.

"Kion vi ne rajtas?" ŝi demandis. Kaj en la plej proksima momento ŝi sciis la respondon, kvankam li ne estis elparolinta ĝin. Stranga rigardo estis, kiun ŝi nun fiksis al li, rigardo, kiu preskaŭ konfuzis lin, la mondospertan kavaliron. Aprobo de la potenco, kiun li havis pri si mem, kuŝis en la rigardo, sed ankaŭ moko, malforta moko, kiu koleretigis, malkontentigis lin kaj faris lin malkontenta pri ŝi, malkontenta pri li mem.

"Ne iru plu antaŭen, fraŭlino Mac Kennon", li fine diris, provante doni al sia malalta voĉo firmecon, sed ne povante subigi la malfortan tremadon en ĝi.

"Kial ne?" ŝi petoleme demandis..

"La ŝaŭmo de la fluo jam preskaŭ atingas vin; kiam iom pli granda ondo alvenos, vi estos tute malsekigata!"

"Se tio estas la sola danĝero, mi ne atentas ĝin!" ŝi rediris, antaŭensaltante ankoraŭ du paŝojn. Sed subite alruliĝis grandega ondo kontraŭ la rifoj tiel, ke Edito por momento estis malaperinta sub la alten ŝprucanta ŝaŭmo. Kiam ŝi reaperis, ŝi sentis sin levita de forta brako kaj reportata ĝis loko, kie la ondofrapo ne plu povis atingi ŝin. Tie von Merten starigis ŝin sur ŝiaj piedoj.

"Pardonu, fraŭlina moŝto", li nun diris en trankvila tono, kvazaŭ ili ĵus estus parolintaj pri tio, ĉu morgaŭ pluvos aŭ la suno brilos, "sed mi ne pli longe povis toleri, ke vi elmetas vin al la danĝero."

"Ĉu esti malsekigata? Antaŭguston de tio mi ricevis."

"Ne estas nur tio sola! La forto de la alsaltantaj ondoj povis vin renversi, kaj per la akraj rifoj vi povis vin vundi."

"Preskaŭ mi fakte estus falinta!", ŝi ridante konfesis. "Nur pro viaj bonaj motivoj mi pardonas al vi, vi traktis min kiel infanon!"

"Vi ankaŭ estis tia", li volis respondi, sed ĝustatempe li retenis sian parolon.

"Sed nun ni volas iom vespermanĝi", ŝi vigle daŭrigis.

"Kaj botelon da ĉampanvino ni hodiaŭ ankaŭ trinkos, ĉu jes?"

"Ĉi tiu deziro certe ne estos neplenumebla!" li respondis, imitante ŝian viglan tonon. "Kie, laŭ ordono de via fraŭlina moŝto, la vespermanĝo estu alportata?"

"En Granda Hotelo de Paris! Tie ĉiam estas interesa societo!"

"Tre miksita!"

"Estas ja neniu el viaj konatoj ĉi tie, kaj mi ja staras sub via oficiala ŝirmo."

"Jes, en mia kunesto vi ne kompromitiĝas!"

"Tio entute ne povas okazi", ŝi rediris en certa tono. "Ni amerikaninoj ĝuas multe pli grandan liberecon ol la germanaj sinjorinoj, sed ni ne misuzas ĝin."

"Des pli bone! Estas nur necese, ke ni unue estu certaj pri tio, ke Jameson forveturis, alie ni ne risku vidatigi nin en Granda Hotelo de Paris. Ne estus maleble, ke ankaŭ li venus tien!"

"Sed ni vere ne povas atendi ĝis post la 11a horo! Post ĉi tiu poeta spektaklo mi sentas tre prozan malsaton! Ĉu vi ne ankaŭ?"

"Mia stomako estas kutimigita al tio, ke ĝiaj postuloj iafoje povas esti kontentigataj nur post sufiĉe longa tempo, tion la servo necesigas. Sed mi ne estas tia barbaro, por voli postuli de vi saman sindetenon, ni ja povas unue esplori en la garaĝo, ĉu la veturilo de Jameson ankoraŭ estas tie. Se jes, ni iros en malgrandan, sed bonan hotelon en Condamine, en kiun Jameson certe ne iros, kaj tie vespermanĝos. Ĉu vi konsentas?"

"Se tie oni ricevos bonan ĉampanvinon!"

"Eĉ bonegan!"

"Bona Dio, mia hararo! Pri ĝi mi tute ne plu pensis. En tia stato mi ja vere ne povas vidatigi min!"

"Kial ne? Nur tiamaniere la tuta admirinda beleco de via hararo estus ekkonebla. Sed vi estas prava, tio mirigus. Ni estas ĉi tie proksime al la kazino. Mi akompanos vin al proksima frizejo, kiu estas malfermita ĝis ĉirkaŭ noktmezo, kaj dum vi frizigos vin, mi iros al la garaĝo. Poste mi venos, por iri kun vi al la hotelo."

"Mi konsentas!" –

En la garaĝo la aŭtomobilo ankoraŭ staris sur sia loko.

"Restas tiel, kiel mi diris al vi, Kruse!" von Merten flustris, preterirante sian tie observantan suboficiston.

"Laŭ ordono, sinjoro kriminal-komisaro!"

Kiam von Merten poste revenis al la frizejo, la frizista laboro kompreneble ankoraŭ ne estis finita, kaj li devis atendi preskaŭ duonan horon. Fine Edito aperis, senkulpigante sin per tio, ke la frizisto estis dirinta, ke li unue devas ellavi la marakvon el la hararo kaj poste resekigi ĉi tiun. Ŝi prenis lian brakon por esti kondukata en la hotelon Beau Rivage. Kiel ĉie en Monaco, kompreneble ankaŭ ĉi tie la societo estis tre miksita. Ĉi tio donis al Edito sufiĉe da okazoj por rimarkigoj, kiuj malkaŝis tian gajan humoron, kian li alitempe neniam estis ekkoninta ĉe ŝi. Li ne povis preterlasi demandi ŝin pri la kaŭzo de ĉi tiu serena humoro.

"Ĝin mi pli malfrue iam sciigos al vi", ŝi respondis kun rideto, kiu frapante kontrastis al la serioza rigardo el ŝiaj grandaj, en ĉi tiu momento plene al li direktitaj okuloj. Ĉi tiun serenecon ŝi konservis dum la tuta vespero. La bonege al ŝi gustanta ĉampanvino ankoraŭ pliigis ŝian bonan humoron, kaj ankaŭ von Merten, alie tre serioza, estis instigata de ŝia vigleco. Ambaŭ amuziĝis precipe pri tio, ke du ĉe apuda tablo sidantaj viroj, laŭŝajne francaj oficiroj en civila vesto, ĉiamaniere klopodis altiri al si la atenton de Edito, kaj ankaŭ sekvis ilin, kiam post noktmezo ili forlasis la hotelon por iri al la ne malproksima stacidomo.

En la kupeo Edito montris al von Merten papereton, kiun unu el la viroj estis kaŝe ŝovinta en ŝian manon. Ĝi enhavis la inviton al rendevuo en la venonta tago.

"Kia impertinenteco!" Merten kolere diris, kiam li estis leginta la papereton.

Ŝi elkore ridis. "Kion vi volas? Sinjorino, kiu sola en malfrua vespero kun sinjoro manĝas kaj trinkas ĉampanvinon, povas atendi tion!"

"Sed tiuj homoj ne povis scii, ĉu vi eble estas mia edzino!"

"Ho, sinjoro kriminal-komisaro! Mi nun devas memorigi vin pri via ofica agado!" ŝi mokis. "Ĉu vi portas edzecan ringon? Ne! Sed ke edziĝinta paro antaŭ la vespermanĝo demetas la edzecajn ringojn kaj metas ilin en la poŝon, tio apenaŭ okazis en la historio de la kriminaljusteco!"

Kontraŭvole li nun ankaŭ devis ridi. "Ne, tio efektive ankoraŭ ne okazis!"

"Vi ŝajnas tre inklini al ĵaluzo!" ŝi daŭrigis sian mokadon.

"En ĉi tiu okazo oni tute ne povas paroli pri ĵaluzo."

"Kial ne?" Por momento ŝi fariĝis serioza.

"Ĉar la ĵaluzo kondiĉas rajton, kiun mi bedaŭrinde ne posedas."

"Bedaŭrinde! Kiel ĝentile! Sed se vi posedus tian rajton, ĉu vi tiukaze estus ĵaluza?"

"Mi ne kredas. Edzino, pri kiu oni havas kaŭzon esti ĵaluza, ne estas inda, ke oni estas ĵaluza pri ŝi!"

"Tre sprite! Sed ĉu en la praktiko vi agus laŭ tio, mi ne volas diskuti. Cetere la justeco postulas, ke vi apliku ĉi tiun sentencon ne nur por la virina, sed ankaŭ por la vira sekso."

"Mi ne estas kontraŭ tio."

"Sed mi estus ĵaluza, se tiu, kiun mi amus, prezentus siajn ovaciojn al alia virino!"

"Al virino oni povas indulgi tian malfortecon pli ol al viro!"

"Mi dankas pro la bona indulgo. Sed ĝi havas iom maldolĉan kromguston: al la virino, tiel subula estaĵo, oni kompreneble devas pardoni ŝian malfortecon!"

"Tion mi ne celis — aŭ pli vere — mi ne intencis esprimi tion."

"Tio estis sincera! Vi nur pensis kaj ne volis diri tion! Sed mi konsolas min per tio, ke la viroj, kiuj deklaras nin virinojn malbonaĵo, tamen rekonas la necesecon de tia malbonaĵo!"

"Hm — ankaŭ pri tio oni povus disputi!"

"Ĉu vi eble volas aserti, ke vi povus vivi tute sen interrilatoj kun virinoj?"

"Mi pensas, ke mi faras tion!"

"Vi pensas, ke vi faras tion! Kiel diplomatie! Nu, konsolu vin; iomete prudenta edzino ne okupas sin pri tio, kion ŝia edzo faris antaŭ la edzeco; tre prudenta edzino eĉ rifuzas ĉiun tenton informi sin pri tio."

"Kaj tia tre prudenta edzino vi estus, ĉu ne? Ĉu vi rifuzus?"

"Mi opinias, ke mi farus tion!"

Li ridis kaj helpis ŝin, ĉar intertempe ili estis alvenintaj en Nice, ĉe la elvagoniro, kaj poste en fiakro veturis kun ŝi al ilia hotelo.

Alveninte en la vestiblo, ŝi diris adiaŭ al Merten pli rapide, ol ĝenerale ŝi kutimis fari tion, kaj ree trafis lin ĉe tio tiu enigma rigardo el ŝiaj seriozaj, grandaj okuloj, kiu jam antaŭe estis forte impresinta lin. Samtempe li opiniis senti, ke la forta manpremo, per kiu ŝi laŭ amerika moro akompanis sian adiaŭan parolon, hodiaŭ estis ankoraŭ iom pli forta. Ĉu tio havis ian specialan signifon? Tiel li demandis sin, kiam li malrapide supreniris la ŝtuparojn kondukantajn lin al lia ĉambro, dum ŝi estis uzinta la lifton. Dum momento ĉe tiu ĉi penso la sango varme alfluis al lia koro, sed en la proksima momento jam la malvarmete pripensanta prudento ree superis. Eble ŝi nur volis en afabla maniero esprimi sian dankon pro la belega naturspektaklo, kies rigardantino li faris ŝin. Certe, tio estis, nenio pli!

Iuj ekscitantaj aferoj en ĉi tiu tago ne okazis, kaj tamen li ne povis ekdormi tiel rapide kiel kutime. Ĉiam denove aperis antaŭ lia spirita okulo la bildo de Edito, kiel ŝi, ĉirkaŭate de sia longa hararo, staris sur la rifo. Li efektive ne sciis, kion signifas la subite aliiĝinta konduto de Edito. Ĝis nun ŝi ĉiam montris kontraŭ li, escepte de malmultaj unuopaj momentoj, certan sin-retenemon, kies kaŭzon li trovis en la diferenco inter iliaj societa rango kaj posedaĵ-cirkonstancoj. Ĉi tio ja estis diferenco, kiu en la okuloj de vera amerikanino estas tre grava. Nu, tion li jam unu vesperon profunde pripensis. Li estis tirinta el tio la necesajn konsekvencojn, nome tiujn, ke pri ligo inter Edito kaj li neniel estas penseble; pri tio li kompreneble devis resti firma.

Sed hodiaŭ ĉi tiu rezigno tamen estis al li pli malfacila ol antaŭe. Tion eble kaŭzis la aminda, serena karaktero de Edito, kiun ŝi pli frue neniam montris eĉ nur en proksimume sama maniero. Certe, ŝi ĉiam estis interrilatinta kun li en tia maniero, kiun sinjorino de la bonsocieto kutimas praktiki al sinjoro el lia klaso, eĉ se ŝi ne konsideras ĉi tiun klason egalstaranta al ŝi. Sed en ŝia konduto ĉiam estis io malvarmeta, trankvila, ia plena certeco. Eble tute senkonscie, eble eĉ intence ŝi jam de komenco estis stariginta baron inter si kaj li, kiun trarompi li neniam estis ekpensinta. Hodiaŭ ŝi estis faliginta ĉi tiun baron. Tutplene! Hodiaŭ ŝi la unuan fojon estis doninta sin kontraŭ li sen rezervo, tute libere kaj senceremonie, kiel ŝi estis.

Kial? Ĉu estis la bezono iom flirti? Ĉu ŝi kontentigis sin per li, ĉar la surprenita de ŝi tasko malebligis al ŝi meti iun alian en lian lokon? Li ne estis sufiĉe vanta, por senti sin iel ofendita per ĉi tiu penso. Ne, estis nur nature, se ŝi, kiu laŭ sia propra konfeso ĝis nun neniam plene estis dediĉinta sin al serioza tasko, nun, kiam ĉi tio okazis la unuan fojon, ŝerĉis paŭzon, li preskaŭ dezirus diri: oazon en la dezerto. La laŭdon, kiun li elparolis al ŝi en London, ŝi estis akceptinta kun sincera ĝojo, sed tio ne esceptis, ke ŝi en tempo, kiu altrudis al ŝi necesan halton en ŝia agado, sentis emon al distrado. Kio estis pli natura, ol ke ŝi cedis al ĝi?

Tamen ne harmoniis kun tio la strange serioza rigardo, kiun ŝi estis fiksinta sur lin. Se ne estus estinta Edito, sed fraŭlino de meza rango, aŭ se li anstataŭ modesta oficisto ankoraŭ estus la gaja rajdista oficiro de pli frue en la brila uniformo, tiukaze ja alia kaŭzo por la subita ŝanĝo de ŝia konduto estus pensebla. Sed en la nuna situacio – ho, estis ja malsaĝaĵo supozi ĉe ŝi pli seriozan sentadon, kaj li vere havis ion pli bonan por fari, ol malŝpari la tempon per tiaj revaĵoj. Tamen la tuta severa memdisciplino, al kiu li devis kutimigi sin, estis necesa, por tute deturni liajn pensojn de la loganta bildo de Edito, kaj returni ilin al lia agado. Sed li sukcesis, kvankam nur por mallonga tempo, ĉar baldaŭ poste la naturo postulis sian rajton, kaj lia trankvila, profunda spirado montris, ke li estis profunde ekdorminta. –

Kaj Edito?

Ankaŭ ŝi hodiaŭ ne ekdormis tiel rapide kiel kutime.

Ankaŭ ŝian spiriton la sceno sur la rifoj ankoraŭfoje preterpasis. Sed feliĉa rideto, kiu donis al ŝiaj trajtoj preskaŭ ion infanan, ludis ĉe tio ĉirkaŭ ŝiaj lipoj. Ĉu ĝi devenis de la penso, ke ŝi nun fine sukcesis rompi la sinretenemon, kiun von Merten evidente ĝis nun sindevige estis montrinta kontraŭ ŝi, kvankam nur por mallonga tempo? Apenaŭ. La karakteron de koketulino Edito eĉ ne iomete havis. Certe, kelkafoje estis plezuro por ŝi akcepti ovaciojn de tiu aŭ alia sinjoro; eble eĉ okazis, ke ŝi celis, por mallonga tempo ekestigi tiajn ovaciojn, sed nur tiam, kiam ŝi estis konvinkita, ke de ambaŭ flankoj ne estis intencita io plia ol ludeto, okupo por liberaj horoj.

Tie, kie vere serioza aspiro estis renkontinta ŝin, ankaŭ ŝi devis suferi pro la malbeno, kiu trafas kelk-iun riĉan fraŭlinon: ŝi opiniis esti konvinkita pri tio, ke tiuj ovacioj ne okazis pro ŝia persono, sed nur pro ŝia posedaĵo. Tio estis farinta ŝin kolerema, maljusta. Ŝi estis veninta al tio, ke ŝi taksis la altiran forton, kiu eliris de ŝia persono, pli malgranda, ol ĝi en vero estis. En ĉiu serioza aspiranto ŝi estis vidinta nur spekulanton al sia riĉeco.

Kun tiu delikata sento, kiu al la virinoj ofte pli klare montras la ĝuston ol cerbumanta intelekto, ŝi de komenco estis ekkoninta, ke ĉe Merten ne estas paroleble pri tio, kontraŭe, ke li ĝuste pro ŝia riĉeco siaflanke estis stariginta inter si kaj ŝi same fortikan baron, kiel ŝi mem kutimis fari tion ĉie, kie serioza aspirado estis prezentita al ŝi.

Vere ofendita ŝi ne estis sentinta sin per la sinretenemo de Merten, sed ŝi estis koleretanta. Plej multe tiam dum la fervoja veturo. Per sia afableco al la oficiroj ŝi volis, eble duone senkonscie, en von Merten veki senton de ĵaluzo, kaj en tio ŝi plene malsukcesis. Eĉ ne la plej malgrandan efikon ŝia provo faris al Merten – aŭ eble tamen? Ĉu li nur perforte retenis la sentojn de sia interno, por ne lasi al ŝi, kies ludon li divenis, la triumfon?

Por momento la rideto malaperis de ŝiaj lipoj, sed baldaŭ ĝi revenis. Jes, tiel verŝajne estis! Ĉe li ŝi povis supozi la karakteran forton, kiu estas necesa por tio. Des pli, ke – malgraŭ tio – en la momento, kiam li ĉirkaŭprenis kaj reportis ŝin de sur la rifoj, en liaj okuloj montriĝis ekbrilo, kiu malkaŝis al ŝi pli, ol li volis ekkonigi. Jes, li estas vera viro! Ĉi tiu penso transkondukis ŝin en la regnon de la songoj, en kiuj lia figuro ankoraŭ ofte aperis al ŝi.

OKA ĈAPITRO

La venontan matenon von Merten apenaŭ estis rapide fininta sian tualeton, kiam la kelnero jam frapis sur lian pordon kaj anoncis al li, ke sinjoro deziras paroli kun li. Merten ordonis venigi la sinjoron en lian ĉambron, kaj baldaŭ poste Kruse aperis.

"Mi petas pardonon, sinjoro kriminal-komisaro" Kruse komencis paroli, "ke mi jam tiel frue ĝenas vin, sed mi opiniis, ke estas necese, kiel eble plej baldaŭ raporti al vi kaj akcepti novajn disponojn."

"Jam bone, Kruse. Antaŭ ĉio la servo, tion vi scias. Do, kio okazis?"

"Hieraŭ vespere, tuj kiam la ludejoj estis fermitaj, kun la aliaj personoj ankaŭ sinjoro Jameson eliris, ĵetis sin en sian aŭtomobilon kaj forveturis. Mi sukcesis starigi mian veturilon ja ne senpere post lia, tamen tiel, ke nur unu alia estis inter ambaŭ. Tuj kiam Jameson estis veturinta ĝis la fino de la strato, mi sekvis lin kaj ĉiam restis en certa distanco post li. Li veturis sur la vojo al Mentone. Tie en la loko lia aŭtomobilo malaperis el mia vido. Mi ja estus povinta reatingi ĝin, ĉar en la silenta nokto la bruo de la veturilo klare sonis al mi. Jameson ŝajne pluveturis laŭlonge de Rue de la Corniche. Sed mi preferis ne persekuti lin trans Mentone, por ne kaŭzi suspekton. Mi veturis al la hotelo ĉe la marbordo kaj alportigis al mi botelon da vino. Post kiam mi estis trinkinta de ĝi unu glason, mi relasis la aŭtomobilon tie kaj piede pluiris en la direkto al la landlimo. Ankoraŭ ĉiam mi aŭdis, kvankam nur malforte kaj malklare, la bruon de la aŭtomobilo de Jameson. Vidi mi ne povis ĝin, kvankam la nokto estis tre hela; arboj kaj arbustoj kaj ankaŭ vojkurbiĝoj malhelpis la vidadon. Mi ĉirkaŭrigardis kaj rimarkis je mia maldekstra flanko supren kondukantan vojeton. Mi volis supreniri ĝin, por akiri pli bonan superrigardon, sed mi preferis unue kuŝigi min teren kaj aŭskulti per la orelo sur la tero. Tiamaniere mi klare aŭdis la rulmoviĝon de la aŭtomobilo kaj la bruon de ĝia motoro, sed ŝajnis, ke la veturilo ne malproksimiĝis, sed pliproksimiĝis. Mi ankoraŭfoje streĉe aŭskultis — jen — la bruo fariĝis pli kaj pli klare aŭdebla. Ĉu estis la aŭtomobilo persekutita de mi, aŭ estis iu alia? En la unua okazo: Ĉu ĝi reveturas sen pasaĝero, aŭ ĉu sinjoro Jameson ankoraŭ sidas en ĝi? Tio ŝajnis al mi grava."

"Tre prave, Kruse!"

"Ne malproksime de la vojo staris malnova muraĵo, surkreskita de arbustaĵo. Verŝajne ĝi estis la ruino de elbrulita domo, kiajn oni ĉi tie vidas frapante multajn. Ŝajnas, ke tre ofte brulas ĉi tie."

"La amaso de tiaj ruinoj estas kaŭzita de tio. Kvankam nun starante sub franca estreco, la loĝantaro de Nice kaj Savojo konservis la italan popolkarakteron. Ĝi havas la superstiĉon, ke tie, kie unufoje brulis, estas malfeliĉejo, sur kiu oni ne denove konstruu domon."

"Ho, tion mi ne sciis. Do mi rampis en la arbustaĵon kaj spione observis la vojon. La aŭtomobilo efektive preterrapidegis; estis ĝuste la sama, kiun mi antaŭe sekvis, kaj Jameson ankoraŭ sidis en ĝi."

"Ha, tio estas interesa!"

"Ĝi reveturis al Mentone. Ĉar estis maleble al mi sekvi ĝin tiel rapide, mi preferis, de la loko, kie mi estis, suprengrimpi la monton, ĝis kiam mi atingis la rokmuron, kiu, tavoligita el rokeroj kaj rokŝtonoj, servas por apogi terason surplantitan per oranĝarboj. Ne estis tre malfacile, surgrimpi la muron, kaj de sur la teraso mi povis superrigardi la plej grandan parton de Mentone, nur ne la kondukantajn al la interno stratojn, kiuj supreniĝas sur la deklivoj de la montoj. Sur unu el ĉi tiuj stratoj la aŭtomobilo certe estis suprenveturinta; el tiu direkto mi klare aŭdis la bruon de la motoro. Mi pripensis, kion mi faru. Plej volonte mi estus sekvinta la aŭtomobilon, sed kiel mi esploru, kien ĝi estis veturinta? La stratoj en la pli alta urboparto estis, kiom mi povis vidi, senhomaj; tre verŝajne mi ne estus renkontinta iun, kiun mi estus povinta demandi, ĉu li vidis preterveturintan aŭtomobilon. Eble ankaŭ estus miriginte, se en hotelo Eden mi tro longe estus iginta atendi min. La noktmeza horo batis, kaj ankaŭ sur la Granda Promenado la vivo pli kaj pli foriĝis. Pro tio mi rapide iris al hotelo Eden, trinkis glason da vino kaj poste reveturis sur la Rue de la Corniche, ĝis kiam mi estis pasinta kelkajn kurbiĝojn de ĝi kaj ne plu povis vidi kaj aŭdi ion de Mentone. Tie mi igis haltigi mian veturilon, forlasis ĝin, pagis al la aŭtomobilisto kaj resendis lin al Nice."

"Kaj vi iris al Mentone, ĉu ne?"

"Ne tute ĝis Mentone. Mallonge antaŭ la loko, ĉe la lasta kurbiĝo de la vojo, antaŭ ol la malgranda rondvalo, en kiu Mentone kuŝas, malfermiĝas, mi forlasis la ŝoseon kaj supreniris mallarĝan vojeton, kiu kondukas tra la oranĝoĝardenaĵoj, ĝis kiam mi venis al loko, de kiu mi povis superrigardi la tutan regionon de Mentone, ankaŭ la supran parton de la loko. Mi volis certigi min pri tio, ĉu la aŭtomobilo eble revenus."

"Ĉu ĝi eble jam antaŭe, kiam vi estis en la hotelo, povis esti reveturinta?"

"Ne. Mi estis sidiginta min antaŭ la hotelo, sur la teraso. Se dume aŭtomobilo estus veturinta tra Mentone, mi devus esti aŭdinta ĝin."

"Kiom longe vi restis sur via observa posteno?"

"Dum la tuta nokto. Estis ja iom malvarme, sed mia aŭtomobilista mantelo bone servis al mi. Mi ankaŭ estis kunpreninta mian mallongan pipon kaj tabakon, kaj la fumado bone restigis min maldorma."

"Ĉu la aŭtomobilo revenis?"

"Ne!"

"Ĉu ĝi eble, dum vi veturis de la hotelo al Monte Carlo, elveturis ĉe la alia flanko de la loko, en la direkto al Ventimiglia?"

"Ankaŭ tio ne estis ebla. Dum mi veturis laŭlonge de la Granda Promenado, mi devus esti vidinta ĝin, kaj poste, ĝis la loko, kie mi forlasis mian veturilon, mi staris rekte en ĝi kaj plej streĉe aŭskultis, same dum mia supreniro mi streĉis miajn orelojn, ne aŭdante alian bruon krom la ondofrapado. Ne, la aŭtomobilo tie restis en iu loko, tio estas certa, pri tio vi povas fidi, sinjoro kriminal-komisaro!"

"Vi bone plenumis vian taskon, Kruse, kaj mi ne preterlasos akcenti tion en mia raporto al la ĉefpolicejo. Nun vi bezonas iom da ripozo, ĉu ne?"

"Ho ne, tio tute ne estas necesa. Dum la reveturo hodiaŭ matene, antaŭ kiu mi, por ne kaŭzi ne necesan miron, estis demetinta kaj envolvinta mian aŭtomobilistan mantelon, mi profunde dormis unu horon. Mi estis sola en la kupeo. Post mia alveno mi tuj venis ĉi tien. Mi nun bone povas ree komenci mian observadon en la poŝtejo."

"Bone, faru tion. Sed, se vi fariĝos tro laca, sendu komisiiton al la policejo kaj igu anstataŭi vin per la agento Dumesnil, disponigita al mi."

Kruse tuj iris al sia posteno. Merten iom matenmanĝis kaj poste skribis leteron al Edito. En ĝi li informis ŝin, ke li, sekve de la sciigoj ricevitaj de Kruse, devas veturi al Mentone kaj ke ankoraŭ ne estas certe, kiam li revenos. Estus plej bone, se ŝi ĝis la veturo al Monte Carlo, kie li estas renkontonta ŝin, ne forlasus la pensionon, ĉar eble, kvankam ne verŝajne, Jameson revenus al Nice por akcepti leterojn en la poŝtejo kaj ĉe tio ne devus iamaniere vidi ŝin. Poste li veturis per la plej proksima vagonaro al Mentone.

De la stacidomo li supreniris al la pli alta urboparto kaj

senelekte laŭiris unu el la vojoj kondukantaj en la internon de la lando. Apud la strato staris unuopaj vilaoj. Tie kaj tie elpendis afiŝo anoncanta, ke ĉambroj estas ludoneblaj. Merten preteriris ilin; nur kiam li estis forlasinta la urban teritorion, li eniris en unu el tiaj vilaoj kaj demandis pri la lueblaj ĉambroj.

"Mi tuj venigos la sinjorinon; bonvolu intertempe sidigi vin", diris al li la ĉambristino, malfermante la pordon al la salono.

La sinjorino baldaŭ aperis. Ŝi estis proksimume kvardekjara, belstatura brunulino de vera itala tipo kaj kun iometo da haroj sur la supra lipo. Kun granda parolfluo ŝi laŭde rekomendis sian vilaon kaj ĝian belan ĝardenon. Ankaŭ la prezo de 50 frankoj semajne por granda balkonĉambro aŭ de 35 frankoj por malgranda ĉambro certe estas tre modera, ŝi diris.

Rilate la prezon von Merten ja havis alian opinion, sed li gardis sin elparoli tion. Li nur esprimis dubojn, ĉu kuracista helpo sufiĉe rapide povus esti venigata el Mentone.

"Ho sinjoro, ni havas du kuracistojn ĉi tie en la loko, doktorojn Brissar kaj Changarde!"

"Ĉu ĉi tiuj sinjoroj loĝas malproksime de ĉi tie?"

"Doktoro Brissar loĝas tre proksime, maldekstre de la stratangulo, en la unua domo, kaj doktoro Changarde loĝas en ĉi tiu sama strato, dek minutojn pli supre, en la domo, antaŭ kiu staras la busto de Garibaldi. Ambaŭ estas tre spertaj kuracistoj; en ĉi tiu rilato vi povas esti tute trankvila. Doktoro Changarde estas ankaŭ distrikta kuracisto. Ambaŭ sinjoroj venas dumtage kaj dumnokte, kiam ajn ili estas bezonataj!"

"Mi volas ankoraŭ iom ĉirkaŭrigardi; mi pensas, ke mi luos la du ĉambrojn, la grandan por mia pulmomalsana kuzino, la malgrandan por mi."

"Sinjoro ne trovos pli bonan loĝejon ol ĉe mi, vi certe konvinkos vin pri tio. Kaj la demandado pri ĉambroj nun estas tre granda; eble kiam sinjoro revenos, la ĉambroj jam estos forluitaj."

"Nu, tiel rapide tio verŝajne ne okazos", von Merten diris ridetante. Li konjektis, ke, se Jameson estis loĝiginta fraŭlinon Woodwell en ĉi tiu loko, li certe komisiis la distriktan kuraciston, kiu eventuale devos skribi la mortateston, ankaŭ pri la zorgo por la pacientino. Do li iris al li.

Doktoro Changarde ŝajne ne havis multe da pacientoj. Kiam von Merten eniris lian atendoĉambron, sidis en ĝi nur kamparanino, kiu tenis malsanan, mallaŭte ĝemplorantan infanon sur la brako. Ŝia konsulto estis rapide finita, kaj doktoro Changarde petis von Merten-on en sian konsultan ĉambron.

"Kia estas via malsano, sinjoro?"

"Mi ne estas malsana, sinjoro doktoro. Sed kuzino de mi estas nervomalsana, kaj nia kuracisto en Chicago rekomendis al ŝi sufiĉe longan restadon en Riviero."

"Ho, por nervomalsanuloj nia loko bonege taŭgas. Ĉu vi jam luis loĝejon?"

"Ankoraŭ ne, mi ne sciis ĉu Mentone, kiu entute tre plaĉas al mi, estus la taŭga loko. Precipe ja ftizuloj venas ĉi tien."

"Mentone estas kuracloko kaj por ftizuloj kaj por nervomalsanuloj. Por ftizuloĵ ja la regiono ĉe la marbordo estas pli bona, ĉar la aero tie estas pli senpolva. Sed por nervomalsanuloj la restado ĉi tie supre estas nepre pli preferinda."

"Do ftizuloj ĝenerale ne povas veni ĉi-supren?"

"Nur en unuopaj okazoj. Tamen mi havas ankaŭ kelke da tiaj pacientoj."

"Sed nur malmultajn, ĉu ne?"

"Nur tri: ruson, holandanon kaj amerikaninon."

"Ha, do samlandaninon! Tiukaze mia kuzino eventuale tuj havus iom da interrilatoj."

"Pri tio vi apenaŭ povas esperi. Sinjorino Smith sin trovas

en la lasta stadio de la malsano; ŝi povas morti jam post kelkaj tagoj. En la plej bona okazo ŝi vivos nur ankoraŭ kelkajn semajnojn."

"La kompatindulino! Eble oni tamen povus iamaniere helpi ŝin. Ĉu ŝi loĝas malproksime de ĉi tie?"

"En la vilao Deux Colombes, kies supran etaĝon amiko de ŝia mortinta patro luis por ŝi. Li mem ankaŭ loĝas tie, sed li estas nur malmulte hejme. Ŝi estas, kiel ĝenerale en tiaj okazoj, tre apatia kaj ankaŭ ne parolas multe kun la flegistino, kiun sinjoro Burke dungis por ŝi."

"Ĉu la amiko de ŝia patro nomiĝas Burke?"

"Jes, Johano Burke. Sed, se via kuzino estas nervomalsana, la interrilato kun tiel grave suferanta pacientino estus altgrade malutila kaj efikus ekscitante. Mi plej decide malkonsilus ian renkonton kun sinjorino Smith.".

"Kompreneble, tiucirkonstance oni ne povas pensi pri tio. Do mi instigos mian kuzinon, kiu nun ankoraŭ estas en Genova, kiel eble plej baldaŭ veni ĉi tien, kaj poste mi petos vin preni sur vin la kuracadon al ŝi."

"Tion mi volonte faros. Kiam la sinjorino alvenos ĉi tie?"

"Antaŭvideble postmorgaŭ. Tiam mi tuj venos al vi kun ŝi. Ĝis revido, sinjoro doktoro!"

Kontente ridetante, von Merten malsupreniris la ŝtuparon. Fine li sukcesis ektrovi la restadejon de la ruzega krimulo! Li eltiris sian poŝhorloĝon. Ĝi montris la dekan horon. Ne estis supozeble, ke Jameson ankoraŭ estas hejme. Ĉiukaze von Merten povis konstati, kie estas la vilao Deux Colombes.

Ĝi tute ne estis malproksima, en flanka strato, kaj ĝi estis ĉirkaŭata de granda ĝardeno. Maldekstre de ĝi komenciĝis olivarba plantejo, dekstre de la ĝardeno staris privata domo, kiu ne montris afiŝon pri ludonota ĉambro.

Merten eniris en la olivarban plantejon, por informi sin, kiom vaste la ĝardeno de la vilao Deux Colombes etendiĝas. Ĝia malantaŭa flanko tuŝiĝis kun alia ĝardeno, de kiu ĝi estis disigata nur per malalta plektbarilo. La alia ĝardeno ankaŭ apartenis al vilao, en kiu ĉambroj estis lueblaj.

Merten pripensis, ĉu li eniru, por tie lui ĉambrojn. Eĉ se Jameson ekscius, ke la ĉambroj tie denove estas okupitaj, tio apenaŭ povus suspektemigi lin. Merten nur ne devus montri sin kiel amerikano.

Li tiris la sonorilon de la fermita domo, sed nur post sufiĉe longa tempo la pordo estis malfermata de maljuna viro, kiu kompleze montris al li la ĉambrojn. Ankaŭ la demandon de Merten, ĉu li, kiel luanto, povus uzi la ĝardenon, li jesis tre ĝentile. Sed li diris ankaŭ, ke lia filino, al kiu la vilao apartenas kaj kiu estas la vidvino de franca kapitano, veturis al Nice, por fari aĉetojn. Nur dum la posttagmezo ŝia reveno estis atendebla.

Merten dankis pro la informo kaj foriris promesante, ke li revenos posttagmeze, por interkonsenti kun la posedantino de la vilao ĉion necesan. Li nun tuj iris al la stacidomo kaj veturis al Monte Carlo.

NAŬA ĈAPITRO

Edito jam estis okupinta sian postenon en la kazino, post la kradigita fenestro. Merten restis kelkan tempon en la proksimeco, ĝis kiam la vestiblo por momento estis malplena de fremduloj. Tiam li alpaŝis kaj demandis Editon, ĉu la serĉito jam alvenis.

La respondo estis nea.

"Bone, mi revenos post duona horo!"

Ĉi tiun duonan horon li uzis, por ankoraŭfoje en tuta trankvilo pripensi, kio estu farota. Post kiam li pri tio estis tute certa, li reiris al la kazino. Kun granda verŝajneco li supozis, ke Jameson ankoraŭ ne alvenis, ĉar, kelkajn fojojn vagante al St. Romain kaj reen, li precize estis atentanta, ĉu la aŭtomobilo, en kiu Jameson hieraŭ veturis, eble ekvidiĝas. Tio ne estis okazinta. Kelkaj aliaj aŭtomobiloj estis preterveturintaj, kies ensidantoj eble volis fari promenveturon laŭlonge de Rue de la Corniche, por ĝojigi sin per la belega perspektivo, kiun prezentas ĉi tiu strato. Elirante el Nice, la strato kondukas orienten tra Riviero, alte super la marbordo laŭlonge de la maralpoj. Pasante sur ĝi, oni rigardas maldekstren en profundajn, preskaŭ timige ŝajnantajn intermontaĵojn, sur kies fundo muĝas ŝaŭmantaj torentoj, dum sur la deklivoj la arĝenta grizo de la olivarbaroj pentrinde alternas kun la malhela verdo de la oranĝoplantejoj; dekstren oni rigardas sur la muĝantan, sunbriligitan maron, ĉe kies bordo la duoninsuloj St. Jean kaj St. Martin malproksime etendiĝas suden, al la malproksima marbordo de Afriko. Sur la marbordo ĉarme kuŝas la idilie sternitaj inter palmĝardenoj kuraclokoj kun siaj koketaj, per balkonoj kaj kolonverandoj ornamitaj vilaoj, kiuj elstaras kvazaŭ disŝutitaj perloj. –

Merten apenaŭ estis preterpasinta la portalon, kiam Edito mallaŭte alkriis lin: "Li estas ĉi tie!"

Merten aliris la kradon. "Kiel li estas vestita?" li same mallaŭte demandis.

"Longa, nigra redingoto, kiel preskaŭ ĉiuj ĉi tie, en la butontruo blanka krisantemo, en cetero precize tiel, kiel Kruse priskribis lin. La grize miksita vangobarbo donas al li indan, iom maljunulan aspekton. Ĉar vi vidis nur lian fotografaĵon, vi verŝajne nur malfacile ektrovos lin."

"Nu, ni provu", li rediris kaj eniris la ludĉambregon.

La sezono ankoraŭ plene funkciadis. Ne malpli ol ok ruletotabloj estis starigitaj, kaj ĉe ĉiu el ili ne nur ĉiuj seĝoj estis okupitaj, sed post ili staris ankaŭ vico da ludantoj. Merten paŝis de tablo al tablo, unue ne trovante la serĉiton. Fine li ekvidis lin en la dua ĉambrego. Jameson staris tute proksime apud la inspektoro, kiu kontrolas la ludadon. La inspektoro sidis, same kiel la ludestro, kiu turnas la ruleton, sur altigita seĝo tiel, ke li oportune povas superrigardi la tutan tablon. Jameson fervore poentis. Dum la intertempo, post kiam la ludestro estis enspezinta la malgajnaĵojn kaj elpaginta la gajnaĵojn, li fervore faris notojn sur la malgranda presita tabuleto, kiun la ĉambregservistoj laŭ deziro transdonas al ĉiu ludanto. Poste, kiam la "Faru vian ludon, sinjoroj!" de la ludestro estis forsoninta, li jen tien jen tien ĵetis kelkajn ormonerojn aŭ monbileton. Evidente li ludis laŭ precize elkalkulita sistemo, kaj ĉi tiu ŝajnis esti bona, ĉar dum la duona horo, kiun von Merten opiniis devi dediĉi al la observado, la amaseto da ormoneroj, kiun Jameson havis kuŝanta ĉe sia maldekstra flanko, inter la lokoj de du aliaj ludantoj, sufiĉe pligrandiĝis.

Merten engravuris al si la trajtojn de Jameson tiel firme, ke li povis esti certa, per sia ekzercita okulo tuj povi reekkoni ilin sub ĉia aliigo, kiun Jameson eble ankoraŭ farus al ili. Sed por legitimi sian ĉeeston en la okuloj de la oficistoj, kiuj gardas pri tio, ke homoj, kiuj nur volas rigardi, ne forprenu lokon al la ludantoj, von Merten ankaŭ devis fari kelkajn enmetojn. Li ĵetis kvinfrankan moneron sur "ruĝon" kaj malgajnis, poste unu sur "nigron", kiu havis la saman sorton, poste sur la "unuan dekduon", ampleksantan la nombrojn de 1 ĝis 12. Ĉi tiun fojon li gajnis. Numero 7 aperis. La ludestro ĵetis dekfrankan moneron apud lian enmetaĵon. Li restigis la dek kvin frankojn; numero 11 venis, kaj tridek frankoj kuniĝis kun liaj dek kvin. Ankoraŭfoje li restigis la enmetaĵon, kaj numero 4 denove alportis al li gajnon, ĉi-tiufoje naŭdek frankojn. Li nun enspezis la sumon, krom unu dudekfranka ormonero, kaj ree la "unua dekduo" alportis al li gajnon de kvardek frankoj. Se li estus restiginta sian tutan enmetaĵon, li estus ricevinta 270 frankojn. Por momento li koleretis, ke li ne faris tion, kaj ĉi tiu kolereto montris al li, ke li estas en danĝero, interesiĝi pri la deloganta ludo tiel, ke li, kvankam nur por mallonga tempo, forgesis la celon de sia ĉeesto. Li prenis siajn sesdek frankojn kaj rapide eliris. Ekstere li faris mansignon al fraŭlino Mac Kennon, ke ŝi sekvu lin, kaj kiam ĉe la pordo ŝi estis kuniĝinta sin kun li, li iris kun ŝi al la stacidomo.

"Ne estas necese, ke vi ankoraŭ pli longe enuu en tiu kaĝo", li komencis la interparolon, "la celo estas atingita, mi nun konas sinjoron Jameson."

"Ho, mi eĉ ne iomete enuis! Unue estis tre interese, observi la aron de la enirantaj ludantoj, kiuj, sinjoroj kaj sinjorinoj, jam kvaronan horon antaŭ la malfermo de la portalo en grandaj amasoj staris antaŭ ĝi, por certe atingi lokon ĉe la ludotabloj, kaj due — ho, vi ne povas imagi, kiel tiuj ĝentilaj francoj, la du inspektoroj post la giĉeto, amindumis min!"

"Sed ili ja estas edziĝintaj viroj! Aliajn la banko tute ne dungas! La direkcio opinias, ke tiaj oficistoj estas pli fidindaj ol fraŭloj!"

"Ĉu vi vere opinias, ke la edzeca ringo malhelpas francon, kontraŭe al[15, 29] ne tro maljuna kaj ne tro malbela sinjorino montri la ĝentilecon, per kiu la franca nacio distingiĝas?"

"Ne, tion mi ne opinias. Mia opinio pli vere estas, ke nun ni havas pli gravan taskon, ol koketi kun homoj starantaj en la servo de entrepreno, kies toleriĝo estas malhonora makulo por tuta Eŭropo!"

Ŝi ekridis gajigite. "Ho, kiel morale!" ŝi ekkriis. "Vi certe ankoraŭ neniam ludis, ĉu ne?"

Li mordis siajn lipojn, kaj instinkte li metis la manon en la veŝtopoŝon, en kiu li havis kaŝita sian gajnaĵon. "Ni nun lasu tion!" li poste daŭrigis. "Mi devas fari al vi tre gravajn sciigojn."

Li raportis al ŝi la sukceson de Kruse kaj la sian. La ĝojo, kiun ŝi sentis pri tio, hele ekbrilis el ŝiaj okuloj kaj forigis la malfortan malbonhumoron, kiu estis ekokupinta ŝin. "Kion ni nun faros?" ŝi demandis, kiam li estis fininta sian raporton. "Mi nun devas ekinterrilati kun fraŭlino Woodwell, ĉu ne?"

"Certe, pro tio ni nun volas veturi al Mentone. Por kelkaj horoj ni ne bezonos timi renkonton kun Jameson, ĉar plej verŝajne li ne tre baldaŭ forlasos la ludĉambregon. Ĉu li alvenis en aŭtomobilo?"

"Certe li ne alveturis en tia; tion mi devus esti aŭdinta."

"Ne estas supozeble, ke li rimarkis ion de la persekutado, tiel lerte plenumita de Kruse."

"Sed kial li hodiaŭ ne uzis la aŭtomobilon kiel kutime?"

"Povas esti, ke li tamen faris tion, sed starigis sian aŭtomobilon en alian lokon kaj de tie iris piede al la kazino. Ankaŭ povas esti, ke en Nice li akceptis siajn leterojn kaj, por pli rapide veni tien, veturis per la vagonaro. Se ĉi tio okazis, ni supozeble ricevos sciigojn de Kruse. Trie povas esti, ke li nur pro singardemo, por la okazo, ke li estos persekutata, ŝanĝis sian transportilon. Laŭ la sperto, kiun ni nun akiris pri li, mi konsideras la trian eblecon kiel plej verŝajnan."

Dum la lasta parto de ĉi tiu interparolo ili estis promenantaj sur la perono, por atendi la vagonaron venontan el Nice. Edito singardeme estis vualinta sian vizaĝon. Kiam la vagonaro alvenis, ili eniris, kaj, ĉar ilia kupeo estis sufiĉe plena, ili daŭrigis sian konversacion nur, post kiam en Mentone ili estis forlasintaj la vagonaron.

"Kiel estus, se ni ĉi tie unue matenmanĝus?" Edito proponis. "Vi diris, ke la posedantino de la vilao verŝajne revenos nur posttagmeze; do, se ni nun irus tien, ni apenaŭ renkontus ŝin."

"Mi tute konsentas. Tiukaze ni agas bone elekti la hotelon Eden, ĉar Jameson, se li veturas de Monte Carlo al la vilao Deux Colombes, jam antaŭe deflankiĝas de la Granda Promenado. Ke li, reveninte en aŭtomobilo, denove veturos al Monte Carlo, mi ne kredas. Tion li hieraŭ verŝajne faris nur, ĉar li aŭdis la alian aŭtomobilon post si, kio ja en la nokto estas io ne tute ordinara. Se mi ne estus praktikinta la singardon post mallonga tempo ĉesigi la persekutadon, sendube lia facile estigebla malkonfido estus vekita en alta grado, kaj kiu scias, ĉu tiam, kiam ni estus trovintaj lian neston, la birdoj ne jam estus elflugintaj."

"Sed kien?"

"Al alia kuracloko aŭ en la proksimecon de tia. Mentone ja certe situacias bonege por li."

"Pro kio?"

"Ĉar la itala landlimo de ĉi tie estas atingebla piede en duona horo."

"Ĉu ni eble povos arestigi lin ankaŭ en Itallando?"

"Certe, sed por tio ni unue devus intertrakti kun la koncerna polica estraro, kio havigus al li antaŭeston, kiun li certe bone uzus."

Intertempe ili estis alvenintaj ĉe hotelo Eden, kie ili bone matenmanĝis kaj trinkis botelon da ruĝa vino. Poste ili supreniris al Rue St. Agathe, en kiu la serĉita vilao staris. La mastrino nun estis hejme. Unue ŝi ne volis ludoni la ĉambrojn por pli mallonga tempo ol unu monato, kaj Edito mansignis al Merten, ke li konsentu. Sed ĉi tiu deklaris en plej decida tono, ke tiukaze li luus aliloke. Li diris, ke ofte en loĝejo vidiĝas mankoj, kiujn oni ĉe la unua rigardado ne estas atentinta, kaj pro tio li principe kontraktas por iom longa tempo nur, kiam li estas konvinkinta sin, ke la loĝejo estas tute laŭ lia plaĉo.

Sinjorino Delaroque cedis al Merten kaj fine konsentis pri lia propono. Dum la ĉambroj estis pretigataj, von Merten iris kun Edito en la ĝardenon, por iom promeni en ĝi.

"Kial vi ne volis lui la ĉambrojn por unu monato?" ŝi demandis lin, kiam ili paŝis sur la pura piritvojo, kondukanta al la posta parto de la granda ĝardeno.

"Unue mia estraro postulas de mi ekstreman ŝparemon—"

"Ho, tiun malgrandan sumon mi volonte estus paginta!"

"Tio estus, kiel vi vidos, ne necesa elspezo, ĉar ni bezonos la ĉambrojn nur por kelkaj tagoj. Due nia mastrino dum ĉi tiuj tagoj estos pli kompleza, por instigi nin al pli longa restado, ol se ni estus kontraktintaj unumonatan restadon."

"Tio estas ĝusta, mi tute ne pensis pri tio. Sed vidu, tie briletas io blanka tra la arbustoj!"

"Singardon! Silentu!" li kaŝe diris al ŝi. Ili ŝteliris pli proksimen al la plektbarilo, disiganta la ĝardenojn, kaj rigardis, proksimege starante unu apud la alia post la dika trunko de maljuna platano, en la najbaran ĝardenon.

En hamako, pendigita inter du kaŝtanarboj, ripozis juna sinjorino en hele-blua vesto. Ŝia riĉa blonda hararo estis arte frizita, ŝia vizaĝo estis pala, sur ŝiaj vangoj ardis du akre limigataj, malhele-ruĝaj makuloj, ŝiaj bluaj okuloj havis strangan febran brilon, kaj ŝia preskaŭ ĝis skeleto malgrasiĝinta korpo de tempo al tempo estis ekskuata de malsaneca tuso. Kiam ĉi tio okazis, levis sin flegistino, kiu sidis sur seĝo apud la hamako kaj legis en libro, ŝovis sian brakon sub la kapon kaj nukon de la suferantino, viŝis la ŝviton de ŝiaj frunto kaj vizaĝo kaj poste, kiam la malsanatako estis pasinta, ree okupis sian lokon.

"Kiel ŝi similas al Alico!" Edito flustris al Merten. "Ĝuste tiel Alico devus aspekti, se ŝi estus trafita de tia malsano."

Li silente jesis per la kapo.

"Kaj ankaŭ tiu matenrobo devenas de Alico, mi konas ĝin precize, ŝi ofte surhavis ĝin."

"Jameson antaŭzorgis por la kvankam tre malverŝajna, tamen ne tute malebla okazo, ke iu konato de la murditino ekvidus fraŭlinon Woodwell. Eble ankoraŭ pli li pripensis, ke la identeco de ĉi tiu malsanulino kun sinjorino Smith estos pridubata des malpli, se post ŝia morto ankaŭ la vestaro de sinjorino Smith estos resendata de ĉi tie. Sed nun estas necese forigi la flegistinon. Ŝi estas pagata de Jameson; estas tre verŝajne, ke li komisiis ŝin, zorgi pri tio, ke neniu proksimiĝu al la pacientino. Li ja povis tre facile motivi tion, dirante, ke la malsanulino devas esti gardata kontraŭ ĉia ekscito."

"Kiel vi volas fari tion?"

"Mi esperas, ke mi sukcesos. Restu, mi petas, ĉi tie, kaj kiam vi vidos, ke la flegistino foriras, rapide uzu la okazon por la provo komenci interparolon kun fraŭlino Woodwell. Ĝis tiam estas plej bone, ke vi kaŝu vin ĉi tie."

Senbrue paŝante li rapidis reen al la domo. Tie li petis sinjorinon Delaroque diri al la flegistino en la ĝardeno de la vilao Deux Colombes, ke sinjoro deziras paroli kun ŝi kelkajn minutojn pro surprenota flegado. "Mi atendos ĉe la dompordo de la vilao Deux Colombes", li aldonis. "Certe vi interrilatas kun viaj najbaroj, ĉu ne?"

"Kompreneble", ŝi rediris, volonte preta plenumi lian deziron. "Sed vi ja povos interparoli kun ŝi el la ĝardeno trans la plektbarilon. Ŝi estas kun sia pacientino — la kompatindulino, ŝi verŝajne vivos ankoraŭ nur malmultajn tagojn!

— ĉiam en la posta parto de l' ĝardeno, kie la aero plej malmulte estas plenigita de polvo."

"Tie en la proksimeco estas mia kuzino, kiu estas tre nervincitema. En ŝia ĉeesto mi tute ne povus priskribi al la flegistino ŝian staton tiel precize, kiel estas necese, por scii, ĉu la flegistino povos kaj volos preni sur sin la flegadon al mia kuzino."

"En tio vi kompreneble estas prava. Venu, mi tuj venigos la flegistinon al vi."

Ili iris kune al la vilao Deux Colombes, kie Merten atendis ĉe la dompordo. Post kelkaj minutoj sinjorino Delaroque revenis kun la flegistino kaj lasis sian luanton sola kun ŝi.

"Per kio mi povas servi al vi, sinjoro?"

"Ĉu vi havas iom da tempo? Mi deziras paroli kun vi pro surpreno de flegado."

"Momente mi estas ligita, sinjoro. Sed la malsanulino, al kiu mi nun dediĉas min, vivos ankoraŭ nur kelkajn tagojn; ŝi estas ftiza en la lasta stadio. Pri kia speco de flegado temas?"

"Pri flegado al nervomalsana, sed bonanima sinjorino. Sed mi ne kutimas priparoli tiajn aferojn sur la strato."

"Bedaŭrinde mi ne povas inviti vin veni kun mi en la domon. Sinjoro Burke plej severe malpermesis al mi enlasi iun krom la kuracisto kaj la servistino de la posedantino de l' domo, kiu prizorgas la purigon de la ĉambroj."

"Strange! Kaj kial tion?"

"Li timas, ke la malsanulino per revido de antaŭaj konatoj, kiuj restadas en Riviero, ekscitiĝos kaj ke per tio ŝia morto povus esti plirapidigata."

"Ĉu li diris tion nur antaŭ ne longe aŭ jam antaŭ pli longa tempo? Mi opinias, ke, se la malsanulino, kiel vi diris, estas tiel proksima al la morto, revido kun konatoj apenaŭ povus malutili al ŝi."

"Certe, sed li havas tiun alian opinion, kaj mi kompreneble devas obei al li. Li faris al mi la malpermeson, tuj kiam li transdonis al mi la flegadon al la malsanulino."

"Ni almenaŭ iru kelkajn paŝojn en la olivarbareton, tio certe ne domaĝos."

Ŝi sekvis lian inviton.

"Ĉu la malsanulino estas lia filino?" li poste daŭrigis la interparolon.

"Ho ne, ŝajne ŝi tute ne estas parenca kun li. Ŝi foje rakontis al mi, ke li estas amiko de ŝia mortinta patro kaj ke li pro kompato pri ŝia stato kunvenigis ŝin ĉi tien je siaj kostoj, ĉar ŝi estas malriĉa."

"Tio estas tre grandanima de li. Li do ŝajnas havi tre bonan koron."

"Certe! Li estas tiel sentema, ke li tute ne povas rigardi ŝin. Distranĉas al li la koron, li diras, vidi ŝin tiel suferanta. Pro tio li preskaŭ nur dormas ĉi tie. Tuj kiam li estas ellitiginta sin kaj estas matenmanĝinta, li forveturas kaj revenas nur malfrue en la nokto. Sed mi nun devas reiri al mia malsanulino, sinjoro, mi ne rajtas foresti tiel longe. Sinjoro Burke kelkafoje venas tute neatendite ĉi tien por momento, por informi sin pri la farto de sinjorino Smith. Se li venus kaj trovus ŝin sola, li certe tre kolerus."

"Do ni nur ankoraŭ rapide priparolu, ĉu vi eventuale post kelkaj tagoj povus veni al mi, por preni sur vin la flegadon al mia nervomalsana kuzino. Ĉu vi jam flegis nervomalsanulojn?"

"Certe, sinjoro, jam multajn. Mi funkciadas de ses jaroj en Riviero, kaj ĉi tien venas preskaŭ nur ftizuloj kaj nervomalsanuloj."

"Mi konsentus al vi po dek frankoj ĉiutage kaj senpagan pensionon, ĉu tio sufiĉas al vi?"

"Certe sinjoro. Kie mi anoncu min, kiam ĉi tie ĉio estos finita?"

"Mi loĝas ĉe sinjorino Delaroque, la sama, kiun mi sendis, por peti vin pri interparolo."

"Ho, sinjorinon Delaroque mi konas; al ŝi apartenas la

vilao, kies ĝardeno senpere tuŝas tiun de la vilao Deux Colombes. Ŝi estas tre afabla sinjorino."

"Ĉu vi opinias, ke oni estas bone loĝigata ĉe ŝi?"

"Certe, ŝi faros ĉion, por kontentigi vin. Sed pardonu, sinjoro, mi nun nepre devas reiri al mia malsanulino."

"Nur ankoraŭ unu aferon! Mi luis hodiaŭ la ĉambrojn ĉe sinjorino Delaroque kaj morgaŭ venigos nian pakaĵon ĉi tien. Ĉu vi eble morgaŭ posttagmeze je la 2a povus veni al ni kelkajn minutojn, por ke mi konatigu vin kun mia kuzino?"

"Volonte, sinjoro, supoze, ke sinjoro Burke ne ĝuste je la sama tempo estos ĉi tie."

"Se tio okazus, ĉu vi venus tuj, kiam li ree estos foririnta?"

"Jes, sinjoro! Ĝis la revido!"

Ŝi rapidis reen tra la olivarbareto, kies alian randon ili intertempe estis atingintaj. Merten, por eviti, ke ŝi trovu Editon interparolanta kun sia pacientino, saltis trans la plektbarilon, kiu ĉirkaŭis la tutan ĝardenon, kaj rapide iris al la posta parto de la ĝardeno. Tie li vidis Editon staranta apud la plektbarilo kaj vigle parolanta kun la malsanulino. Je lia voko ŝi ĉesigis la interparolon kaj sekvis lin en alian parton de la ĝardeno. Sin ankoraŭfoje turnante, von Merten vidis la flegistinon revenanta al la hamako.

"Estas Ellen Woodwell!" Edito raportis al li.

"Mi estis konvinkita pri tio, sed kiamaniere vi eksciis tion?"

"Mi atendis, ĝis kiam la flegistino estis foririnta. Tiam mi vokis: 'Ellen!' La malsanulino turnis sin al mi. 'Kiu vokis min?' ŝi demandis.

'Estis mi, fraŭlino Woodwell!'

'Ĉu vi konas min?'

'Jes. Vi venis el London, kie vi antaŭe estis instruistino.'

'Ho, mi petas, ne lasu ekscii sinjoron Burke, ke vi konas min. Li diris al mi, ke mi devus reiri Londonon, se iu ekscius, kiu mi en vero estas. Lia frato, kiu laŭdire estas tre riĉa viro, dum li mem nur havas ĝuste sufiĉe por vivi, donis la monon por la vojaĝo kaj por mia porvivo ĉi tie, kaj ĉi tiu frato, kiu estas iom stranga homo, faris tion, ĉar iam li amis iun sinjorinon Smith, kiu mortis de la ftizo. Li konstante je siaj kostoj igas flegi malsanulinon ĉi tie, sed li postulas, ke ŝi estu traktata kiel sinjorino Alico Smith kaj ankaŭ surhavu la vestojn de la mortintino. Li volas havi la iluzion, ke estas lia iama amatino, kiu ĉi tie ankoraŭ vivas.'"

"Ho, Jameson elpensis tre belan fabelon!" Merten kriis. "Efektive, li estas talenta fripono!"

"Vere! Mi trankviligis ŝin kaj diris al ŝi, ke mi ne perfidos ŝin. Sed, se sinjoro Burke efektive intencus resendi ŝin Londonon, kion ŝi treege timas – estis kortuŝe, kiam ŝi diris, ke en la milda aero ĉi tie ŝi sentas sin tre bonfarta kaj certe ĉi tie resaniĝos – mi promesis al ŝi, en ĉi tiu okazo zorgi pri tio, ke ŝi restos ĉi tie kaj ke mi prenus sur min la kostojn. Ho, kiel ŝi ĝojis!"

Merten prenis la manon de Edito kaj premis varman kison sur ĝin. Ŝi iom ruĝiĝis. "Tio ja nur estis devo al tiel kompatinda estaĵo", ŝi diris simple. "Sed volonte mi dezirus morgaŭ ankoraŭfoje kunesti kun la kompatindulino, por povi konsoli ŝin. Ĉu tio estos aranĝebla?"

"Vi povos fari tion daŭre, kiam Jameson estos arestita. Sed ĝis tiam la danĝero estas tre granda. Mia letero al la prokuroraro, laŭ kiu oni eble nur sendos al mi la arestordonon, verŝajne nur morgaŭ matene estos enmanigata tie. Sekve la arestordono, se ĝi telegrafe estos donata, povos esti en Nice morgaŭ posttagmeze. Sed se ĝi jam estas donita laŭ mia telegramo, kion mi esperas, ĝi estas, telegrafe transigite, jam nun en Nice en la polica direkcio; letere sendite ĝi plej frue morgaŭ antaŭtagmeze povos esti ĉi tie. Ĉiukaze vi devas paciencigi vin nur ankoraŭ mallongan tempon, por sen danĝero povi kunesti kun fraŭlino Woodwell."

"Kiu scias, ĉu ŝi ankoraŭ vivos tiel longe! Por la plej malbona okazo mi ja povus kunpreni revolveron!"

"Mi ne povas kaj ne rajtas konsenti pri tio, ke vi elmetu vin al tia danĝero! Pripensu: se Jameson surprizus vin en interparolo kun fraŭlino Woodwell, li, tuj ekkonante, ke ĉio estas perdita, ektimiĝus de nenio, eĉ ne de dua murdo, des malpli, ke tia sola povus certigi al li la frukton de lia unua krimo! Ne, fraŭlino Mac Kennon, via homamo tre honoras vian koron, sed la danĝero estas tro granda! Tio ne povas kaj ne rajtas esti!"

Ŝi silentis, kaj li vidis ĉirkaŭ ŝia buŝo rideton, kiun li ne sciis klarigi al si. Ĉu ŝi konsideris lian zorgon troigita? Aŭ ĉu ŝi ĝojis pri ĝi?

"Ni nun estas kolektintaj", li daŭrigis, por instigi ŝin al alia penso, "premegantan pruvmaterialon kontraŭ Jameson. La lasta ero en la ĉeno estos la grize-flava vesto, en kiu devas manki la malgranda peceto, kiun mi trovis ĉe la fervoja taluso kaj konservis en mia leterujo. La malgranda truo intertempe certe estas riparita; tion ni konstatos post la aresto al Jameson. Se mi nur havus la arestordonon!"

"Nun la krimulo ja ne plu povas eviti sian punon, ĉu ne?"

"Ne estus la unua fojo, ke tio tamen okazus en la lasta momento! Antaŭ ĉio ni devas gardi nin iamaniere fari lin suspektema. Espereble fraŭlino Woodwell silentos pri la interparolo kun vi!"

"Estas plej altgrade por ŝia propra bono, ke ŝi faru tion!"

"Ne plu tute, post kiam vi promesis al ŝi, en okazo de malpaciĝo kun Jameson anstataŭi ĉi tiun!"

"Do mi faris eraron per la promeso, ĉu jes?"

"Mi ne povas nei tion. Sed espereble ĝi restos sen konsekvencoj. Se mi nur estus atentiginta vin pri tio!"

"Vi tute ne povis antaŭvidi, ke mia interparolo kun fraŭlino Woodwell havus tian rezulton. Vi ne estas kulpa pri tio, vere ne!"

"Ĉiukaze estos bone, ke ni tre precize observos la transan vilaon. Hodiaŭ tio apenaŭ estos necesa; la vespero proksimiĝas, kaj la malsanulino baldaŭ estos enlitigata. Sufiĉas, se ni ankoraŭ observos ŝin, ĝis kiam tio okazos. Vespere aŭ nokte Jameson certe ne iros al ŝi. Tiam ni trankvile povos reiri al Nice, por venigi mian suboficiston de lia posteno. Nun, kiam ni scias, kie Jameson restadas, plua prigardo en la poŝtejo ne estas necesa; ĝi nur povus malutili vekante la suspekton de Jameson. Pli bone mi sendu la suboficiston al Wien!"

"Kion li faru tie? Ĉu li serĉu la malveran sinjoron Jameson?"

"Tute prave. Mi konjektas, ke iu sinjoro Burke, parenco de tiu Adelo Burke, en Wien ludas la rolon de Jameson."

"Kio estigis ĉi tiun konjekton ĉe vi?"

"Ĉar Jameson ĉi tie sin montras kiel sinjoro Burke, li, la tre singardema, certe havas ankaŭ legitimaĵojn por ĉi tiu nomo. De kiu? Kompreneble de sinjoro Burke. Kio do estas pli proksima ol la penso, ke siajn proprajn legitimaĵojn li donis al tiu sinjoro Burke kaj ke ĉi tiu en Wien sin montras kiel Jameson. Tio estas malgranda komplezaĵo, kiu ĉe estontaj parencoj mirigas des malpli, ke Jameson, se Burke eventuale ne estas informita pri la tuta afero kaj pro tio ne lia kunkulpulo, certe ankaŭ al Burke motivis sian peton pri tiu komplezo en tute kredebla maniero." –

Post kiam en la vespero ili estis alvenintaj en Nice, ili unue iris al la poŝtejo, kie Kruse ankoraŭ ĉiam deĵoris. Merten donis al li la necesajn instrukciojn kaj poste komisiis lin veturi al Wien, tra Genova kaj Milano, kaj provi ekscii, kiu tie prezentas sin kiel Jameson.

En la polica direkcio la arestordono kontraŭ Jameson ankoraŭ ne alvenis. Merten petis la disponigitan al li polican agenton Dumesnil, en la venonta mateno anonci sin ĉe li kaj kunporti la arestordonon, se ĝi ankoraŭ alvenus ĝis tiam. Por hodiaŭ vespere ne plu estis io farota.

Kvankam jam estis sufiĉe malfrue, Edito estis espriminta la deziron, ankoraŭ veturi al Monte Carlo, por foje serĉi sian feliĉon en la ludo. Ŝi proponis, ke von Merten unue iru en la ludĉambregon, por vidi, ĉu Jameson estas tie. Se jes, ŝi kompreneble devus rezigni la ludadon.

"Kaj kio okazus, se li, unue ne estante en la ludejo, subite enirus ĝin kaj vidus vin tie?"

"Se li nun ne plu estas tie, li apenaŭ ankoraŭfoje iros tien."

"Ne unu momenton ni povas esti certaj pri tio. Ne, fraŭlina moŝto, nia afero estas tro grava, bedaŭrinde mi ne povas cedi al via kaprico."

"Ĉu kaprico vi nomas tiel naturan deziron? Ripetfoje mi jam estis ĉi tie, sed nur unu fojon mi eniris la ludĉambregon por ludi, kaj mi ne rigardis la societon, kiu certe estas tre interesa!"

"Kompreneble ĝi estas tia; jam pro tio, ke preskaŭ ĉiuj, kiuj vizitas la ludejon, staras sub la pli-malpli malkaŝe sin montranta influo de la sama pasio: de la ludo. Vi povas esti konvinkita, ke mi elkore malenvias al vi tiun interesan studon, sed nur tiam, kiam ni estos certaj, ke ni ne plu povas nuligi ĉiujn ĝis nun penege akiritajn sukcesojn. Tion vi devas kompreni, fraŭlino Mac Kennon! Povas daŭri nur ankoraŭ malmultajn tagojn, ĝis kiam vi ree estos absolute libera disponantino pri via faro!"

"Ĉu nun mi ne estas tia?"

"Ne! Nun vi estas morale devigita atenti miajn argumentojn."

"Vi esprimas tion tre milde. 'Obei miajn ordonojn', vi povus diri pli ĝuste!"

"Ni ne volas disputi pri vortoj. Mi tre bone komprenas, ke estas malfacile por vi atenti proteston. Ĝis nun vi estis ĉiam sendependa kaj povis sekvi ĉiun inspiron de l' momento sen tio, ke iu rajtis protesti. Sed en la nuna okazo mi devas persisti pri mia postulo, kaj ĉe trankvila, prudenta pripenso vi ne povos malpravigi min."

"Ĉu tio estas, ke mi nun ne estas prudenta?"

"Vi elkaptas, tute laŭ virina maniero, unu vorton, por ŝajne pravigi vin, dum vi instinkte sentas, ke la rajto ne estas ĉe via flanko. Tio ne estas konforma al via kutima sincera karaktero. Vi inklinas al nobla pensmaniero, firme konservu ĝin! Pro vi mem mi petas vin pri tio!"

"Vi lerte instruas moralon! Sed ĉu vi povas nei, ke vi pretendas aŭtoritaton pri mi, kiun mi eĉ al edzo ne konsentus? Eĉ kontraŭ tiu mi devus rezervi al mi la liberecon de mia faro!"

"Tiukaze vi povas edziniĝi nur kun malfortulo, sed ne kun viro en plena signifo de l' vorto. Sed kun malfortulo vi ne povus fariĝi feliĉa, fraŭlino Mac Kennon! Nur tro baldaŭ vi malestimus lin!"

"Sed, se mi konsentus al mia edzo la saman liberecon, kiun mi pretendas por mi?"

"Ĉu tion vi nomas edzeco? La ĉielo gardu vin de ligo por la tuta vivo sur tia bazo!"

"Ĉu vi ne farus ĝin, eĉ ne kun virino, kiun vi amas?"

"Neniam! Tio signifus, jam de komenco efektivigi ambaŭflankan malfeliĉon. Virino, kiu min amus, vere amus, ankaŭ ne postulus tion de mi!"

Edito paliĝis. Ŝi vidis, ke li parolis kun seriozeco devenanta el firmega konvinko.

"Vi ne ĝuste komprenas la esencon de la edzeco!" li daŭrigis en pli milda tono, "Eble vi neniam ĝin ĝuste ekkonis. Edzecojn, kiel ili plej multe estas farataj en la distingitaj rondoj de Ameriko, aŭ pli vere, en la rondoj de la tre riĉaj amerikanoj, mi ne konsideras veraj edzecoj."

"Ĉu vi volas diri, ke tiuj edzecoj estas farataj nur pro financaj kaŭzoj, ke la amo ne ludas rolon ĉe ili? Vi eraras, sinjoro!"

"Tion mi ne volis diri. Sed kio estas la edzino en tiaj edzecoj? Idolo, pupo, kiun la edzo starigas sur piedestalon, por kiu mankas al ŝi la interna rajtigiteco. Kie estas ĉe tio la reciproka enpenetro de la animoj, sen kiu intima interrilato ne estas ebla? Nenion mi malpli celas, ol postuli de la edzino sklavan obeemon. Kompreneble ŝi montru siajn sentojn, siajn opiniojn, evoluigu kaj eĉ defendu ilin, se ili kontraŭas tiujn de la edzo; sed ŝi ne provu pravigi sin ĉiukaze. Se ŝi konvinkiĝis, ke la raciaj motivoj de la edzo estas rajtigitaj, ŝi cedu al ili same kiel la edzo faru tion en la kontraŭa okazo. Ŝi ne estu infane obstina kaj rigardu en tia cedo malfortecon, kiel bedaŭrinde nur tro ofte okazas. Tio, kion ŝi konsideras malforteco, ofte estas ĝuste la kontraŭo! Sur ĉi tiu bazo la geedzoj devas esti egalrajtaj, se el la edzeco ekfloru vera feliĉo, sed ne sur la bazo de reciproka absoluta libereco, kiu neniam povas konduki al feliĉo, ĉar ĝi nepre kontraŭas la veran esencon de la edzeco!"

Li silentis kaj serioze rigardis Editon, kiu fariĝis meditema. Poste li ridetis, ne pri ŝi, sed pri si mem.

"Nun vi ree nomos min pedanto", li diris. "Mi donas al vi lecionon pri la esenco de la edzeco, ne konsiderante, ke vi, kreskinta en tute aliaj cirkonstancoj, por miaj opinioj apenaŭ povas havi la ĝustan komprenon. Mi estas vera germano kaj ne povas eligi min el mia haŭto!"

"Tio ja ne estas necesa!" Ŝi rigardis lin serioze en la okulon. "Bonan nokton!" ŝi poste subite diris, premis lian manon kaj foriris al sia ĉambro.

"Stranga estaĵo!" Kun ĉi tiu elkrio von Merten eniris sian ĉambron, kaj ankoraŭ longe li tien kaj reen paŝis en ĝi. Oni povas esti kapabla kriminalisto kaj esti farinta profundajn psikologiajn studojn, kaj tamen oni en certa okazo ne povas logike postdisvolvi la pensadon kaj faradon de virino. Pro kio ne?

DEKA ĈAPITRO

Kiam von Merten la venontan matenon eniris la matenmanĝan ĉambron, Edito jam venis renkonte al li en promena tualeto. Li esprimis al ŝi sian miron pri tio.

"Vi ja diris, ke hodiaŭ antaŭtagmeze ni tre precize devos observi la vilaon Deux Colombes", ŝi respondis. "Ĉu la arestordono alvenis?"

"Bedaŭrinde ne. Dumesnil ĵus estis ĉe mi, sed li ne kunportis ion. Post duona horo li revenos. Mi pensas, ke ni kunirigos lin."

"Kial?"

"Kruse estas sur la vojo al Wien; do, se mi lasus Dumesnilon ĉi tie, mi estus sen helpo, se ankoraŭ observado aŭ io simila fariĝus necesa. Mi ja ne scias, per kio tia neceseco povus esti alkondukata, sed en ĉi tiu rilato oni ne povas esti sufiĉe singardema. 'La neatenditaĵo — jen ĝi fariĝas okazaĵo!'[30] Ĉi tiu poeta parolo valoras nenie pli ol en kriminal-aferoj."

"Bone, ni kunirigu lin. Por mi nur estis grave, ke —" ŝi subite ĉesis.

"Nu, kio estis grava? Diru, fraŭlino Mac Kennon! Se vi havas kaŭzojn preferi, ke Dumesnil restu ĉi tie—"

"Ne ne, mi ne havas kaŭzojn."

Li rigardis ŝin mirigite. Subite venis al li ekpenso pri la aferstato: Ĉu ŝi eble preferus veturi kaj poste kunesti kun li sola, ol akompanate de Dumesnil? Sed ne — tia penso ŝajnis al li ridinda tromemfido, ĝi restu for! Tamen la penso eble instigis lin, ke li, post la alveno en Mentone suprenirante kun Edito kaj Dumesnil la vojon al la vilao, petis Dumesnil-on, singardeme observi la fronton de la konstruaĵo loĝata de Jameson kaj tuj informi lin, kiam ĉi tiu el- aŭ eniros ĝin. Por ĉiuj okazoj li donis al Dumesnil ankoraŭ havatan fotografaĵon de Jameson kaj precize priskribis al li, kiamaniere Jameson estis klopodinta aliigi sian eksteraĵon. Poste li vizitis sinjorinon Delaroque. Ŝi estis ankoraŭ en negliĝo, kaj kun la vanteco karakteriza al la sinjorinoj de sia nacio, sed en tia okazo tute ne kondamninda, ŝi volis fari tualeton, antaŭ ol ŝi montris sin al sia nova luanto, des pli, ke ĉi tiu ankoraŭ estis fraŭlo. Tiam Dumesnil jam venis tra la olivarbareto tiel rapidpaŝe, ke von Merten vidis, ke Dumesnil havis ne malgravan sciigon.

"Kio okazis?" li demandis la agenton.

"Ĵus alveturis aŭtomobilo!"

"Ĉu malplena aŭ okupita?"

"Malplena. Verŝajne ĝi atendas lin."

"Supozeble li volas veturi al Monte Carlo aŭ al Nice."

"Ĉu mi sekvu lin?"

"Ne, tio estus sencela, kaj ni devas eviti ĉion, kio iel povus veki suspekton. Tial ankaŭ vi montru vin al li nur tiam, kiam estos nepre necese."

"Tre bone! Mi trovis bonegan observan postenon en malgranda arbusto, proksimume cent paŝojn pli supre. De tie mi povas superrigardi la tutan domon."

"Bone, reokupu ĝin!"

"Kaj kion mi faru, se Jameson forlasos la domon?"

"Tiam tuj informu min!"

Dumesnil reiris al sia posteno, kaj von Merten iris en la ĝardenon, por serĉi Editon. La interparolo kun sinjorino Delaroque ja ne estis urĝa.

Singardeme proksimigante sin al la posta limo de la ĝardeno li vidis Editon genuanta post la plektbarilo, dum sur la alia flanko, apenaŭ dek paŝojn malproksime de Edito, Jameson staris apud la hamako, en kiu kuŝis fraŭlino Woodwell. La flegistino ne estis videbla, Jameson ŝajne forsendis ŝin.

Merten kaŝis sin post la dika trunko de la platano, kiu jam hieraŭ servis al Edito kaj li kiel kaŝejo.

"Mi postulas", li aŭdis Jameson-on parolanta duonlaŭte, sed energie al fraŭlino Woodwell, "ke vi faru al mi ĉi tiun malgrandan komplezon. Mi jam diris al vi, kiajn monstrajn ideojn mia frato iafoje havas. Mi krome diris, ke li deziras vidi vin kiel la ne forgeseblan al li Alicon Smith. Ĉi tiu ideo kaptis lin tiel, ke li konsideras realeco tion, kion li mem nur pense kreis kaj formis. Tiel estas kompreneble, ke li ordonis al Crédit Lyonnais, pagi la monon al sinjorino Alico Smith. Se vi nun rifuzas subskribi la kvitancon pri la monletero en ĉeesto de la poŝtisto, kiu estas sufiĉe stulta por enmanigi ĝin nur al vi persone, per la nomo Alico Smith, la letero estos resendata, kaj ni ne plu havos monon por vivi ĉi tie. Ĉu vi scias, kio tiam okazos al vi?"

Ŝi silentis kaj rigardis lin per larĝe malfermitaj, timplenaj okuloj.

"En la hospitalon vi venos tiam, sur mizeran pajlokuŝejon", li senkompate daŭrigis. "En grandan ĉambregon, en kiu kuŝas nur grave malsanaj kaj mortantaj pacientoj, kaj poste vi estos retransportata Londonon, kie vi povos finvivi en malvarmo kaj nebulo!"

"Ĉion, ĉion alian, nur ne tion!" la malsanulino ekĝemis. "Nur resti ĉi tie en la sunbrilo, en la varmo!"

"Do faru tion, kio estas necesa, por ke vi povu resti ĉi tie!"

"Falsadon, ho Dio mia!"

"Malsaĝaĵo! Mi ja klarigis al vi, kiel la afero estas! Ĉitiukaze oni ne povas paroli pri falsaĵo! Sed mi ne plu emas konstante admoni vin en via propra intereso! Kiu ne volas aŭdi, tiu devas suferi! Ĉu vi volas subskribi, aŭ ĉu vi volas reiri Anglujon?" Lia voĉo iom post iom fariĝis pli laŭta kaj pli bruta; en la ekscito li por momento forgesis sian kutiman singardemon.

"Mi ne povas!" ŝi ĝemis, "mi ne povas!"

"Ĉu vi estas freneza?" li kriis, furiozega pri tio, ke ŝi per la rifuzo, kiu ŝajnis al li necedema obstineco, ne nur malhavigis al li grandan monsumon, sed eble ankaŭ endanĝerigis la sukceson de lia tuta plano. Je la kreditletero li mem ne povis pagigi al si monon; tial li estis sciiginta al la banko, ke sinjorino Alico Smith estas malsana, kaj kunsendinte la kreditleteron, li estis petinta, ke oni sendu la monon. Ĉe tio li estis supozinta, ke fraŭlino Woodwell ne rifuzos subskribi la nomon de Alico Smith. Se fariĝus konate, ke la laŭdira Alico Smith rifuzis subskribi kvitancon pri la monletero, kio ĉe la esploroj, eventuale farotaj de la asekursocieto, tute ne estus ekster ĉiu ebleco, ĉu tiam ne ekestus suspekto pri la identeco de la mortintino kun Alico Smith?

Momenton Jameson staris sendecide, kolerege grincigante la dentojn. Poste li ankoraŭ pli proksimigis sin al ŝi, havante teruran decidemon en la okuloj.

"Mi ne emas", li sible parolis al ŝi, "pro via malsaĝeco perdi ĉion. Aŭ vi subskribos — aŭ vi mortos!"

"Kompatema Dio! Ĉu vi volas murdi min?"

Jameson ne respondis, sed en liaj okuloj vidiĝis esprimo de senindulga, terura decidemo, kaj lia dekstra mano ekkaptis unu el la kusenoj kovrantaj la kadukan korpon de la malsanulino.

Merten volis antaŭensalti por ŝirmi la kompatindan viktimon kontraŭ ŝia turmentanto, sed Edito agis antaŭe. Ne plu estante kapabla senage rigardi, kiel la kompatindulino estis turmentegata, Edito leve rektigis sin. "Ne faru duan murdon, Franco Jameson!" klare sonis de ŝiaj lipoj.

La vizaĝo de Jameson paliĝis pro la neatendita aperaĵo. Li ŝanceliĝis, kaptis la trunkon, al kiu la kapa parto de la hamako estis fiksita, por apogi sin. La ekkono, ke nun ĉio estas perdita, superis lin.

Sed en la plej proksima momento li jam malkonsterniĝis. Li rapide ĉirkaŭrigardis, por konvinki sin, ke Edito estas sola. Poste li lasis libera la trunkon, kiun li estis ekkaptinta, kaj iris, ne atentante la malsanulinon, kiu ŝajne pro senkonsciiĝo estis ferminta la okulojn, paŝon pli proksime al Edito.

"Jen – fraŭlino Mac Kennon!" li kriis. Lia voĉo sonis raŭke pro la grandega streĉo, kiun kaŭzis al li la regado de lia ekscito. "Ĉu mi rajtas demandi, kion la vortoj signifas, kiujn vi parolis?"

"Ke vi ne daŭrigu vian malnoblan faradon, murdinto de mia kompatinda amikino Alico Smith!"

"Vi scias tro multe, fraŭlino Mac Kennon! Tio ne estas bona! Mi bedaŭras pro vi, sed mi devas fermi vian buŝon!"

Kun mallonga ekrido de sarkasmo li rapide tiris revolveron el la poŝo, celis al Edito kaj pafis.

Sed ankoraŭ pli frue ol la kuglo estis forlasinta la tubon, von Merten estis alsaltinta kaj Editon terenĵetinta. Li sentis ion kvazaŭ baton kontraŭ la kapo, ne atentante ĝin. Sciante Editon ne difektita, li saltis trans la plektbarilon kaj en rapidega kuro persekutis Jameson-on, kiu ĉe la apero de la ne konata de li viro estis forkurinta. Jameson fuĝis en la domon, ĵet-fermante post si la pordon kondukantan al la ĝardeno. Kiam von Merten volis malfermi ĝin, ĝi kontraŭstaris liajn penadojn; Jameson estis riglinta ĝin.

Rememorante la sciigon faritan de Dumesnil, Merten nun saltis trans la plektbarilon disigantan la ĝardenon de la olivarbareto, kaj en la momento, kiam Jameson, ne atendante la aŭtomobiliston, saltis en la aŭtomobilon kaj ekveturigis ĝin, Merten aperis antaŭ la angulo de la domo. La aŭtomobilo unue veturis nur malrapide. Per grandaj saltoj von Merten kurege sekvis ĝin. Jameson plirapidigis la veturon; sed antaŭ ol li plenmezure sukcesis en tio, Merten estis atinginta la veturilon. De poste li saltis sur ĝin, kaj per ambaŭ manoj li ĉirkaŭprenis la kolon de sia kontraŭulo, kiu vane provis sin liberigi de la fortega kapto.

Ne direktate la aŭtomobilo rapidegis antaŭen! Pli kaj pli furioza la veturo fariĝis, kaj ne unu el la du obstinegaj kontraŭuloj atentis la mortodanĝeron minacantan ilin. Jameson, kies okuloj sub la premo de la fingroj de von Merten preskaŭ elkaviĝis, sukcesis eltiri la revolveron, kiun li dum la forkuro aŭtomate estis remetinta en la poŝon. Sed antaŭ ol li povis ekfunkciigi la armilon, eksonis surdiga krakado, kaj en la plej proksima momento renversiĝis la aŭtomobilo, kiu kun terura fortego estis veturinta sur puŝoŝtonon. Ambaŭ ensidintoj estis ĵetataj trans la stratodeklivon en oranĝarban ĝardenon, kie ili senkonscie restis kuŝantaj. –

Kiam von Merten vekiĝis el sia senkonsciego, li vidis la larmoplenajn okulojn de Edito direktatajn sur lin kun esprimo de korega amo. Ŝi estis metinta lian kapon sur sian sinon kaj klopodis per sia naztuko maleligi la sangon fluantan el la vundo, kiun kaŭzis la kuglo de Jameson, tuŝe trafinta lian kapon ĉe la maldekstra flanko. Apogante sin sur la maldekstra brako, von Merten volis sin levi, sed kun mallaŭta ekĝemo li refalis; la brako estis difektita per la falego.

"Kie estas Jameson?" li demandis.

Edito montris per la fingro al loko nur malmultajn metrojn malproksima. "Lia animo jam staras antaŭ la ĉiela juĝanto!" ŝi diris serioze.

"Ĉu li estas mortinta?"

Ŝi silente jesis per kapmovo. "Ŝajne nur malmultajn momentojn post la falego li ankoraŭ vivis", raportis Dumesnil, kiu estis alpaŝinta. "Li estis ĵetata kontraŭ arbotrunko, kaj lia kapo puŝegiĝis al ĝi tiel forte, ke lia kranio disfrakasiĝis. Sed restu trankvila, sinjoro kriminal-komisaro, mi ĵus sendis unu el la homoj, kiuj kolektiĝis ĉi tie, al la kuracisto; espereble li tuj venos."

"La malgranda vundo sur la kapo ne estas grava," von Merten diris, palpante ĝin malgraŭ la protesto de Edito. "Se nur la brako ree fariĝos uzebla!"

Ankaŭ en ĉi tiu rilato la baldaŭ alveninta kuracisto trankviligis lin. "La brako nur elartikiĝis", li diris, post kiam li estis detale esplorinta ĝin kaj bandaĝinta la kapvundon. "Ni reenartikigos ĝin, poste unu semajnon da ripozo, kaj ĉio estos en ordo!" –

Ĉi tiun semajnon da ripozo von Merten devis elteni. Ĝi

pasis por li nur tro rapide, ĉar Edito flegis lin malgraŭ liaj certigoj, ke ŝi faras al si ne necesajn zorgojn, en la plej oferema maniero. Nur kelkafoje ŝi forlasis lin, por viziti fraŭlinon Woodwell, al kiu oni estis sugestinta, ke sinjoro Burke devis forvojaĝi kaj ke la terura sceno, kiun ŝi travivis kun li, estis nur malbona sonĝo. Ŝi estis kontenta, ke ŝi povos resti tie, kie ŝi esperis trovi resaniĝon. Sed ne plu longe ŝi vivis; iutage sufoka atako finis ŝian junan vivon. –

De Kruse alvenis telegramo, ke la sinjoro, kiu en Wien vidigis sin sub la nomo de Jameson, havas nur iometan similecon kun ĉi tiu. Merten instigis la Wien-an policon, ke ĝi esploru lin. Ĉe tio evidentiĝis, ke Jameson ne informis lin pri siaj malbonaj planoj kaj ke la anstataŭinto estis kredinta, fari al Jameson nur sendanĝeran komplezon. Pro tio ne ekzistis kaŭzo malhelpi lian revojaĝon al Chicago. –

Kiam von Merten ree povis fari promenon, li iris kun Edito, nun lia fianĉino, laŭ ŝia deziro al la loko ĉe la marbordo de Monte Carlo, kie ili staris en tiu lunbrila vespero.

"Vi demandis min tiam", ŝi flustris, karese premante sin al sia fianĉo, "kial mi estis tiel gaja, kaj mi respondis, ke mi diros tion al vi pli malfrue. Ĉu vi ankoraŭ memoras pri tio?"

"Preskaŭ ĉiun vorton mi ankoraŭ memoras, kiun ni tiam parolis!"

"Ĉu vi nun deziras scii la kaŭzon?"

"Volonte!"

"Mi estis tiel gaja, ĉar – ĉar mi estis rimarkinta, ke vi amas min!"

"Kio rimarkigis al vi tion? Eĉ ne unu vorton mi diris tiurilate, mi eble ja mem ne sciis tion!"

"Viaj okuloj parolis des pli! Mi vidis, kiel volonte vi estus kisinta min, kiam ni staris tie antaŭe ĉe la rifo!"

"Vere, tiel estis! Vi ne povas imagi, kiel fortege mi devis deteni min por lasi tion!"

"Vi estis – granda malsaĝulo!"

NOTOJ

de la eldonejo por la eldono de 2008

1. Arkaismoj, germanismoj kaj aliaj ĝeneralaj notoj:

1. La originala versio literumas: *ĥinoj.*
2. La originala tekstas: "tiu *al* la mano estas iom malklara, tiu *al* la fingropinto pli klara".
3. Ĉie en la teksto, la aŭtoro uzis la vorton *digo* por la germana vorto *Bahndamm* (kiu signifas *fervoja taluso*).
4. La originalo tekstas: "la trovo *al* la murdisto"
5. La originalo tekstas: "Povus ja esti, ke ĉi tiu, malgraŭ la nokta mallumo, en kiu li, ŝarĝite per la vestaĵoj de sia viktimo, iris al la proksima stacio, estis vidata."
6. La originalo tekstas: "La estro de la poŝtoficejo, kiu, kvankam la oficejo jam estis fermita, laŭ la peto de Merten interrompis sian eksterdeĵoran ripozon, por serĉi tian sciigon, ne trovis ian."
7. La originalo tekstas: "Sed ĉi tio estis pli facile dirita ol farita; ĉar, kvankam por ŝi ne ekzistis kaŭzo sin kaŝi, tamen mankis - escepte de la sciigo, ke ŝi volas viziti amikinon en Dresden - iu alia informo, kie ŝi povus esti."
8. "Esti *bona partio*" (germane: *eine gute Partie sein*) estas germana esprimo, kiu signifas ke la tiel nomata persono estas pli-malpli riĉa kaj do donas la ŝancon de bona vivo al la estonta vivpartnero; oni uzas la esprimon ĉefe en kunteksto de geedziĝoj.
9. *Ĵur-al-sidantoj*: Laŭsilaba traduko de la germana vorto *Gerichtsbeisitzer* (gerichts-bei-sitzer); temas pri *asesoroj*.
10. La originalo tekstas: "Merten estis uzinta la tempon, por rigardi la instalitan per la plej novaj aparatoj de medicina tekniko sanatorion."
11. Anstataŭ *tramo*, Ellersiek uzis ĉie en la libro la vorton *tramvojo.*
12 La originalo tekstas: "Same malmulte plaĉis al ŝi la revivigo de mezepoka romantiko en la prezentataj kun gitarakompano kantoj de vaganta fraŭlino..."
13. La originalo tekstas: "La germano, kies emo al precizeco, tre ŝatinda en aliaj fakoj, preskaŭ malebligas al li la arton de l' belmaniera transiro trans dubajn rifojn en la konversacio, tro facile fariĝas mallerta ĉe tiaj prezentaĵoj."

14. La originalo ĉiam literumas: *Newyork*.
15. La germanismo *kontraŭe al vi* (germane: *Ihnen gegenüber*) ĉi tie signifas: en interparoloj kun vi. Laŭvorta kompreno: "starante/estante *kontraŭe al vi*".
16. La originalo tekstas: "Tio estas ĝusta, se koncernas batalon inter esplorjuĝisto aŭ prokuroro unuflanke kaj troviĝanta en esploraresto krimulo aliflanke."
17. La originala *Faras nenion!* estas germanismo, laŭvorta traduko de la germana "*Macht nichts!*".
18. La originalo uzas la vorton *komunikas*.
19. La originalo ĉie en la teksto uzas la vorton *konatulo*.
20. La originalo uzas la singularon: *utila*.
21. La originalo tekstas: "Ĉi tiu juĝo estas tia, ke la germana edzino tiel, kiel ni devas konsideri ŝin tipo, ĝuste pro siaj hejmaj virtoj, krom kiuj restas ankoraŭ vasta spaco por kontentigo de spirita evoluo, okupas la unuan lokon inter la edzinoj de ĉiuj kulturnacioj!"
22. La originalo uzas germanismon: *pro mi* (germane: *wegen mir* – kun la signifo: Kial mi faru ion kontraŭ tio?).
23. La originalo tekstas: "Daŭre sin liberigi de la ĉarmo, per kiu la gracia aperaĵo de Edito, ankoraŭ pli ŝia malkaŝema, sincera karaktero, efikis al li, devis efiki al ĉiu, kiu iom longan tempon persone interrilatis kun ŝi, li apenaŭ povis malgraŭ ĉiu karaktera forto."
24. La originalo uzas germanismon: *elporti* (germane: *ertragen*).
25. *posedaĵ-cirkonstancoj* estas laŭvorta traduko de la germana *Besitzverhältnisse* kaj priskribas la bonhavon (bonaj *posedaĵ-cirkonstancoj*) aŭ malriĉecon (malbonaj *posedaĵ-cirkonstancoj*) de persono aŭ familio.
26. La originalo tekstas: "Se, kion mi eĉ devas timi konsidere al la preskaŭ tro granda singardemo de tiu ruzega kaj nenion timanta amerikano, malsukcesos ankaŭ la provo, per la anoncado de sinjorino Alico Smith veni sur lian kaj ŝian postsignojn, restos nur ankoraŭ la riska rimedo, serĉi lin en la ludĉambrego."
27. *senplue*, rekta traduko de la germana *ohne weiteres*, signifas ĉi tie "sen esti premata(j) plu(e)".
28 *Domrajto*, laŭvorta traduko de la germana *Hausrecht*, priskribas kiu el jura vidpunkto plenrajte troviĝas en iu konstruaĵo kaj do havus la potencon, se necese helpe de la

polico, elĵeti aŭ eĉ arestigi alian homon senrajte venintan en la saman domon.

29 (vidu ankaŭ noton 15) *kontraŭe al la polico* (germane: *gegenüber der Polizei*) ĉi tie signifas: "kiam ni staros antaŭ la polico"; aŭ: "kiam la polico venos".

30. Ellersiek ĉi tie aŭ trompiĝas mem aŭ trompetas la legantojn. Li denove aludas la faman dramon de Goethe, *Faŭsto* (kiel jam en paĝo 59), tamen li ŝanĝis la tekston de Goethe de "Unzulängliche" (nesufiĉo, nesufiĉaĵo) al "Unerwartete" (neatenditaĵo). La versoj de Goethe korekte tekstas: "Alles Vergängliche / Ist nur ein Gleichnis; / Das Unzulängliche, / Hier wird's Ereignis; ..." (en la Esperanto-traduko de Karl Schulze, *Mondial, 2004*: Ĉio pasema ja / Nur parabolas, / La nesufiĉa eĉ / evente rolas, ...). En la stilo de Elliersiek tio tradukeblas kiel: *La nesufiĉaĵo – jen ĝi fariĝas okazaĵo.*

2. Kelkaj el la menciitaj geografiaj nomoj en siaj Esperanto-versioj:

Baden-Baden	Badeno
Breslau	Vroclavo
Calais	Kalezo
Chicago	Ĉikago
Dover	Dovero
Dresden	Dresdeno
Fankfurt	Frankfurto
Genova	Ĝenevo
Hamburg	Hamburgo
Leipzig	Lepsiko
London	Londono
Milwaukee	Milvokio
Monte Carlo	Montekarlo
New York, Newyork-a	Novjorko, Novjorka
Nice	Nico
Place ...	Placo ...
Provence	Provenco
Rue ...	Strato ...
St. (Saint)	Sankta (i. a. en urbo- kaj stratonomoj)
Wien	Vieno

Printed in the United Kingdom by
Lightning Source UK Ltd., Milton Keynes
138004UK00001B/71/P